メイ
メルディ
ルナ
マイ
白亜

ヨウコ
ハルト
ティナ
リファ

6

レベル1の最強賢者

～呪いで最下級魔法しか使えないけど、
神の勘違いで無限の魔力を手に入れ最強に～

LEVEL 1 NO SAIKYO KENJYA

レベル1の最強賢者 6

〜呪いで最下級魔法しか使えないけど、神の勘違いで無限の魔力を手に入れ最強に〜

木塚麻弥

BRAVENOVEL
ブレイブ文庫

01

聖女セイラ

LEVEL 1 NO SAIKYO KENJYA

今から百年ほど前のこと。魔王ベレトが放った魔物たちが世界中で人々を襲っていた。聖都サンクタムからさほど離れていないオドという街でもそれは例外ではなく、三百体を超える魔物の大群が街を襲撃した。

街の防衛部隊だけでは守りきれないだろうと予測されたため、聖都から援軍がやって来ている。その援軍の指揮を執り、最前線で魔物と戦う女がいた。そんな彼女に対して、ひとりの聖騎士が叫んだ。

「聖女様、お待ちください！　前に出すぎです」

聖女と呼ばれた銀髪の女は、身に纏った純白の鎧に魔物の返り血を浴びながら細身の刺突剣《レイピア》を振り続けていた。

「魔物と戦う力がある者が前に出なくてどうします！　私たちが前にいるから、防衛部隊の皆さんが魔物に立ち向かう勇気を持てるんです。それに街には非戦闘員を守れるだけの戦力が残っていません。絶対にここを抜かれるわけにはいかないんです!!」

彼女の名はセイラ。まだ幼さの残る顔をしたセイラが次々と魔物を屠っていく姿を見て、オドの街の防衛についた者たちは魔物と戦う勇気を得た。

「聖女様に続けぇ!!」

「俺たちの街を守るんだ！」

「「うおぉぉぉぉおおお！」」

セイラは創造神から加護を受けた『真の聖女』だ。

この世界には聖女という戦闘職がある。それは三次職といって、極限られた者だけがなることのできる特殊な職業。戦闘職上の聖女と、創造神の加護を受けた真の聖女の違いは寿命の有無だ。後者は最高神の強力な加護を一身に受けることにより、寿命がなくなる。また加護を受けた時点で肉体の成長や老化が止まる。セイラは二百年前に聖女となるための洗礼を受け、以来ずっとその身を世界平和のために捧げてきた。

セイラは真の聖女という存在であると同時に、戦闘職も聖女であった。彼女には魔物と戦う力があったのだ。そんな聖女が数名の聖騎士を引き連れて援軍としてやって来てくれたという事実が防衛部隊の士気を高める。オドの領主である子爵の私兵団と、街の自警団からなるおよそ百名の防衛部隊が魔物の大群と奮戦していた。

「……これなら、もう少し時間を稼げそうですね」

「ええ。住人の避難が完了するまで、何とか耐えましょう」

互いに背中を守りあいながらひとりの聖騎士とセイラが魔物と戦い続けている。

開戦時、セイラの聖属性魔法で多数の魔物を消滅させた。それで勢いづいた防衛部隊だったが、一体一体が強い魔物の群れに少しずつ戦線が押され始めていた。まだ防衛部隊の士気は高いが、ただでさえ数で劣る上に敵の中には危険度Aランクの魔物もいる。オドの街防衛戦線の維持は絶望的だった。

「くっ、俺たちなんかじゃなく先輩方がこっちに来ていれば」

「嘆くより一体でも多く敵を倒しなさい！　ここは私たちが守るしかないんです」

聖騎士団の主力数十名が援軍に来れば何とかなったかもしれない。しかしその主力部隊は別の街へ援軍に行ってしまった。

魔王ベレトが世界中で魔物の大侵攻《スタンピード》を同時多発させたため、聖都の聖騎士団は複数に分かれて各地の援軍に行っている。スタンピードの観測が遅くなったオドに送れる聖騎士は数名の新人しかいなかった。不足する戦力を埋めるため、聖女であるセイラがこの街までやって来たのだ。


「せ、聖女様！　右翼が、魔物たちに突破されました!!」

「なっ!?」

伝令役の兵士の言葉を聞いてセイラが焦燥に駆られる。右翼側には聖騎士を配置できなかった。防衛部隊右翼を構成するのは街の自警団の者たちで、戦いに不慣れな者も多い。とはいえ右翼側は丘の上から矢を射かけたり投石したりすることが可能な立地になっており、そうやすやすと抜かれることはないとセイラは考えていた。ヒト同士の戦いであれば圧倒的に有利な地形でも、丘を一足で登ってしまう魔物の前には無意味だったようだ。

「魔物たちは街に向かわず、我らを包囲するつもりのようです」

「ど、どうします!?　一旦街に退きますか？」

「……退いて街を守るべきですが、敵はそうさせてくれないようです」

セイラの視線の先にはオーガという危険度Aランクの魔物がいた。額に角を持つ二足歩行型の魔物で、人語を扱うほど知能が高い。聖騎士団の主力が数人で戦うべき強敵だ。スタンピードを率いているのはこのオーガであると推察できた。

「ガハハッ、逃がさんよ。お前たちを皆殺しにした後で街を蹂躙する」

オーガの声を聞き、聖騎士が顔を強張らせる。その声には一般人が聞けば恐怖で身体が硬直してしまうほどの殺気が含まれていた。

「聖女様、ここは俺が！」

「邪魔だ」

「──うぐっ⁉」

セイラを守るように前に出た聖騎士をオーガが殴りつけた。聖都で洗礼を受けて魔物の攻撃に耐性を得たはずの聖鎧が容易く砕かれ、聖騎士が吹き飛ばされた。

「次はお前だ」

オーガがセイラに向かってくる。創造神の力を借りて戦う聖女は戦いが長引けば徐々に力を失っていく。はじめに強力な魔法を使って魔物が侵攻してくる勢いを殺し、その後は最前線で戦いながら更に傷付いた防衛部隊の回復も行っていたセイラにオーガと戦う力は残っていなかった。それでも彼女はまだ絶望していない。

「主よ。どうか私に御加護を」

レイピアをオーガに向け、戦う意志を見せた。

「強い雌は好きだ。もしコレに耐えたら、持ち帰って俺の子を孕ませてやる」

鉄の塊を砕くオーガの拳がセイラに迫る。細身のレイピアでは受けきるのはどう考えても不可能だ。持ち帰ると言いつつも、オーガには手加減するつもりなど微塵もなかった。

「セイラ様!!」

少し離れた場所にいた別の聖騎士が駆け寄ろうとするが、彼は間に合わなかった。

しかしセイラは守られた。オーガの拳を素手で受け止めた者がいたのだ。

「よく耐えたね、お疲れ様。ここからは俺に任せて」

黒髪の青年がセイラの前に立っていた。

「あ、あなたは守護の――」

「貴様、何者だ!?」

青年に攻撃を止められたオーガは一旦距離をとると、腕を振り上げ爪で攻撃を仕掛けた。

「何者だって聞いてんのに自己紹介させてくんねーの？　まぁ、いいや。俺がここでやることは変わんないわけだし」

オーガの攻撃を躱しながら、黒髪の青年がどこからともなく片刃の武器を取り出した。それは刀身から持ち手まで全てが真っ黒な刀。黒刀を構えた青年――守護の勇者がセイラの前に立ち、背後の彼女に言葉をかける。

「君を、守らせて」

後ろに守るべき者がいる時の守護の勇者は強かった。オーガをはじめ、スタンピードの魔物たちを僅か数分で殲滅してしまったのだ。

「よし。ここはもう大丈夫だね」

「あ、あの！　助けていただき、ありがとうございました」

感謝の言葉とともにセイラが頭を下げる。

「いいよ。これが俺の使命だから」

守護の勇者はセイラに頭をあげさせながら、彼女の頬に付いた魔物の血を指で拭ってあげた。

「さっき聞いたけど、君が防衛部隊の指揮をしていたんでしょ？」

「そ、そうです。でも、力不足で……。勇者様が来てくださらなければ危ない所でした」

緊張が解け、受けた恐怖からセイラの声が震える。オーガの攻撃にさらされた時、彼女は死を間近に感じていた。

「君は良くやったと思う。頑張ったね」

守護の勇者はセイラが聖女であると知らなかった。だがこの世界では幼くてもスキルや魔法の力で強い女性がいることは把握していた。自分より年下の女の子が必死になって頑張っていたのだと考えた守護の勇者がセイラの頭を優しく撫でる。

「あっ……」

聖女になっておよそ百年。頭を撫でてくれる男性などいなかった。この世界の創造神から強力な加護を与えられた彼女は人々を守る立場であり、誰かに守られる機会はほとんどなかった。聖騎士は聖女を守る存在ではあるが、それはセイラが創造神からいただいた力を無駄に使わせないようにするためであり、力を受け取ったばかりの聖女は聖騎士団員より圧倒的に強いのだ。

「おぉ、さらさらだ。君の髪、すごく綺麗」

「あ、ありがとうございます」

自慢の髪を褒められ、異性に触れられている。セイラは心臓の鼓動が速くなるのを感じた。

「その御方は聖女様ですよ。気安く触れるのはよろしくないかと」

守護の勇者と共に魔物討伐の旅をしているハーフエルフの少女がやって来て勇者に忠告した。

彼女が言うように、この世界では神官以外が聖女に触れるのは禁忌とされている。ちなみにこれは神が定めたことではなく、人々が思い込みで勝手に定めたルールだ。

「えっ、聖女様？」

「はい。セイラと申します」

「ご、ごめんなさい！　俺、知らなくて……」

慌てて守護の勇者が離れていった。セイラはそれを少し残念に思ったようだが、自分からもっと続けてほしいなどと言うことはできない。

「大丈夫です。勇者様でしたら、主も許してくださるかと」

セイラの言葉を聞いて勇者が安堵の表情を見せる。

「そろそろ次の街に行きましょう。魔物が迫っている街がまだあります」

「そうだね。では聖女様、お元気で」

守護の勇者とハーフエルフの少女は飛行魔法で飛び去った。きっと他の場所でも人々を救うのだろう。ふたりが飛んで行った方角に向かってセイラが手の指を組み、祈りを捧げる。

「勇者様に創造主の御加護があらんことを」

望みが叶うのであればまた勇者に会いたい。会って、もう一度触れてほしい。もっと髪のことを褒めてほしい。もっと彼と会話したい。そんなことを想いながら、セイラは勇者たちの無事を祈った。

――＊＊＊――

サンクタムの大神殿。ここには世界を創成した創造神の像が祀られている。綺麗な銀髪を腰まで伸ばした美女が創造神像の前で膝をつき、両手を胸の前で握りしめて一心に祈りを捧げていた。早朝のこの時間、大神殿に入ることができるのは彼女だけと聖都独自の法で定められている。聖衣に身を包んだ美女の名はセイラ。百年前、魔王ベレトが君臨した時代の聖女と同一人物。彼女はこの世界でただひとり、創造神から神託を受けることのできる真の聖女だった。

セイラが創造神の像に祈りを捧げ始めてから数分後、像から彼女にオーラのようなものが移動し始めた。聖都の住人をはじめ、世界中から集まった信仰心が創造神の元に届くとそれは神性エネルギーとなる。得られた神性エネルギーの一部を創造神が聖属性の魔力としてセイラに付与しているのだ。到底ひとりの人族が扱えるような規模の魔力量ではないのだが、聖女である彼女はその膨大な魔力を難なく受け入れた。

「主よ。今日も我らを護りし力をお与えくださったことに感謝します」

透き通る声で神への感謝を述べたセイラは深く一礼して立ち上がった。大神殿の最奥に祀られている創造神像から神殿の中央に設置されている巨大なクリスタルまで移動すると、彼女はそれに手を触れる。するとセイラが纏っていた聖属性のオーラがクリスタルへと移動していった。それと同時に聖都をドーム状に覆う聖結界が強化されていく。このクリスタルが聖都を守る聖結界の発生源だった。聖女が毎日これに聖属性の魔力を注ぎ込むことで、魔人をも拒絶する聖結界を維持しているのだ。

セイラは聖女になったその日から毎日欠かさずこの行為を行ってきた。全ての魔力をクリスタルに注ぎ込んでしまうわけではない。残った聖属性魔力の一部を使い、彼女は救いを求める人々に奇蹟を授けてきた。

歩けなくなった者の足を治した。

視力を失った者に光を与えた。

日照りの続く地域に雨を降らせた。

街に加護を与え、魔物から護った。

これらは全て、セイラが昨日一日のうちに起こした奇蹟だ。セイラに救われた者たちは彼女と創造神への信仰心を高める。そしてその信仰心は彼女に奇蹟を起こさせるための力となるのだ。

創造神への祈りとクリスタルへの魔力補充が終わると、セイラは創造神像の後ろにある隠し階段から大神殿の地下へと降りていった。

――＊＊＊――

私、セイラといいます。創造神様から神託を受けた聖女です。元はただの町娘だったんですけど、創造神様に選ばれて聖女になったことで寿命がなくなっちゃいました。私は今、二百歳くらいです。十六歳の時に聖女になったのですけど、それ以来私の身体は成長も老化もしていません。

茶色だった私の髪の毛は聖女になった時、綺麗な銀色へと変化しました。最初は少し戸惑いましたけど、今ではこの髪にしてくださった創造神様に感謝しています。だってすっごくさらさらで、自分で触っていても気持ちいいんです。常にこの状態が保たれているので、創造神様の御加護って凄いと思います。

ちなみに男性にはまだ一度しか触らせたことがありません。将来私の伴侶となってくださるお方にだけ、このさらさらを堪能していただきたいと思います。

聖女である私のお仕事ですが、いっぱいあります。その中で最も重要なお仕事を先ほど終わらせました。創造神様にお祈りして力を分けていただき、この聖都を守る結界に魔力を補充するお仕事です。

たまに創造神様から神託をいただくこともあるのですが、今日は何もありませんでした。

私は次のお仕事をするために大神殿の地下にある空間へとやってきました。今頃、頭上の大神殿では一般の方々が入場されて礼拝をしていることでしょう。

大神殿の地下空間にはとても透き通った水が湧き出る泉があります。私はその泉の側で服を脱ぎました。ここには誰も居ないとはいえ、身を隠せる物が何もない広い空間で、しかも頭上には数百人もの人々が創造神様に祈りを捧げている——そんな空間で全裸になることに、この行為を始めてから二百年以上経った今でも恥ずかしさを覚えてしまうのです。ですが、これもお仕事です。やらないわけにはいきません。

私は念入りに身体を清めました。それからゆっくりと泉の中に入っていきます。泉の水はひんやりしていて気持ちいいです。この泉に十分ほど肩まで浸かるのがお仕事なんです。

およそ十分後、泉の水がぼんやりと光り輝き始めたのを確認して、私は泉から出ました。泉の水が全て聖水になったのです。

信じられますか？　聖水って聖女が入った泉の水なんです。私はこのことを創造神様から聞かされた時、唖然としました。だって私が入った泉の水をみんなが飲むんですよ？　ただその効果は絶大のようで、聖水を一口飲めば大抵の病気はすぐに治りますし、体力や魔力だって全回復しちゃいます。

ちなみに聖水は飲まずに身体にふりかけてもほとんど同じ効果があるので、私は飲まない使用方法を推奨しています。もちろん理由を聞かれても答えたことはありません。それから聖水の製造方法は絶対に誰にも漏らしません。恥ずかしすぎますから。

私が泉から出て神殿に戻ると、神官と侍女たちがやってきて泉から聖水となった水を汲み上げていくのです。聖水を作るお仕事が終わると、今度は神殿に戻って人々に奇蹟を与えるお仕事が待っています。

今日は百人ほどが列を成していました。昨日よりは少なめです。今日はみなさんに奇蹟をあげられるといいのですけど……。創造神からいただいたお力で、その並んでくれている人たちの願いを叶えていきます。

魔物に襲われて怪我を負った男性の手を治癒しました。

先週生まれたという女の子に名前を付け、弱いですが加護を付けてあげました。

魔物が村の農作物を荒らすと言うので、魔物避けの護符を作ってあげました。

今日は何とか全ての人々の願いを叶えました。いつも全員の願いを叶えられるわけではありません。創造神様からいただいたお力がなくなれば、それ以上は何もできないのです。子供に名前を付けてあげるくらいなら何とかできるのですけど。

人々の願いを叶え終わった時には既に夕方でした。今日もお昼ご飯を食べられませんでした。お腹が空きました。

侍女たちが用意してくれた夕飯を食べながら、私宛に届いた手紙を読んでいきます。手紙には私が直接出向かないとどうにもならない案件が書いてあることがほとんどです。それらの手紙から緊急性の高そうな依頼をチェックして、外出計画を立てていくのです。

夕食後は次代の聖女候補を育てるための訓練や講義の時間です。私が教師となり、聖女候補の女の子たちに聖属性の魔力の扱い方などを教えていくのです。この指導は夜遅くまで続けられます。

正直かなりハードスケジュールです。でも救いを求めて遠くの国から聖都までやってくる人々がいる限り、私は使命を果たさなければなりません。二百年間、一日もお休みはありませんでした。聖女って、とてもブラックなんです。

私は創造神様の御加護により、三秒くらい瞑想すればどんな疲労も回復します。

でも、さすがに精神のほうが限界です。よく二百年も耐えてきたと思います。そろそろ代替わりさせてほしいです。

聖女候補を育てているのですが、彼女のたちの中から素質のある子を輩出させられなければ私が聖女を続けるしかありません。私はなぜか創造神様に大変気に入っていただけているようで、なかなか代替わりさせてもらえませんでした。

しかし今年の聖女候補の女の子の中には、私が有望だと考える子がひとりいました。その子は地方の村出身で平凡な女の子でしたが、創造神様への信仰心が強く、私が教えたこともしっかり吸収してくれました。彼女なら私の後を引き継げるはずです。

そんなことを考えながら過ごしていたある日、いつものように創造神様に祈りを捧げていると神託がありました。

『セイラ、お前を任せても良い男が近々この聖都にやってくる。もしお前がその男を気に入れば聖女を辞めても良い。次の聖女はお前が指名せよ』――と。

次代を指名させていただけるのは大変恐れ多いことですが、なんとかなるでしょう。自信をもって聖女を任せられる候補がいますから。

気になったのは神託の前半部分です。創造神様が認めるほどの男性が私に会いに来てくださるのでしょうか？　ちょっとドキドキしてしまいます。ただ私には心に決めた男性が……。

その御方には絶対に会えないと分かっています。彼はもう、この世界に居ないのですから。

でも私は彼のことを忘れられませんでした。ですから近々ここに来るというその男性と一緒になるということが聖女を辞める条件であるなら、私は聖女を続けるしかありません。

はぁ……。聖女、辞めたいなぁ。

02

家族旅行

LEVEL 1 NO SAIKYO KENJYA

「旅行に行こう！」

俺たちが獣人の王国ベスティエからイフルス魔法学園に帰ってきて二ヶ月が経過し、明日から五月に入る。

イフルス魔法学園では五月初めに十日間のお休みがあるんだ。この休みを利用して多くの学生や教師が実家に帰る。その連休中に行きたいところがあったので最後の授業が終わった日の夕食時、俺はみんなに旅行に行く提案をした。

「旅行ですか？　私は構いませんよ」

「我は主様が行くならどこでもついていくのじゃ」

「「同じくです」」

ティナとヨウコ、マイ、メイはすぐに賛同してくれた。ティナの生家は既になく、ヨウコも家族はいないから故郷には帰らない。マイとメイはたまに星霊王に呼ばれて精霊界に戻っているので、連休中に帰る必要はないらしい。

「ウチもついていくにゃ！」

「私も行きたいです」

二ヶ月前に学園の行事として俺たちのクラスはベスティエに一ヶ月ほど滞在していたため、メルディは今回の休みで国に帰らない。ルナは昨年の連休には孤児院に顔を出しに行ったが、今年は俺についてきてくれるみたいだ。

「リファは？」

「私ももちろんついていきますよ。ただ、ハルトさんに少しお願いが――」

エルフ王が『顔を出せ』と手紙を送ってきているみたいなので、連休最後の二日くらいでエルフの王国《アルヘイム》に行くことになった。俺の旅行プランでは長くても一週間あればやりたいことが完了する予定なので問題はない。

「白亜《はくあ》もいいよね？」

「もちろん！　みんなと旅行、楽しみなの!!」

魔法学園に帰ってくる時、白亜も俺たちについてきた。彼女はベスティエにあった遺跡のダンジョンの管理者だ。

白亜は白竜という種のドラゴンなのだが、普段は白髪の可愛らしい少女の姿に人化してる。ただ完全な人化形態だと上手く歩けないようで、彼女は身の丈ほどある尻尾を常に出して俺の屋敷内を歩き回っている。それから白亜はあまり人語に慣れておらず、出会った当初は片言だった。しかし元々学習能力が高かったことと、ティナたちが丁寧に言葉を教えてくれたおかげで今は流暢に話せるようになった。何故か語尾に『の』が付くようになったが、これは昔からの癖らしい。

ダンジョンの管理者である白亜がダンジョンに居なくてもいいのか？　――そう思ったが、魔王がまだ復活しておらず、当面勇者が来ることはないので問題ないとのこと。そもそも俺がほとんどの魔物を狩り尽くしてしまったから、ダンジョン内で魔物が自然発生するまでの間はやることがなくて暇なのだとか。

俺の行きたい場所、連休中にやりたいことには白亜が関係している。だから彼女には何としても俺に同行してもらいたいと考えていた。

「旅行の行先は聖都サンクタムだよ」

「聖都じゃと？　どこでもついていくとは言ったが、なぜそこへ行きたいのじゃ？」

ヨウコがちょっと怪訝《けげん》そうな顔をする。彼女は九尾狐という魔族なので、邪を祓う強力な神聖属性の結界が張られている聖都には行きたくない――というか本来なら行けるはずがない場所。

「聖都には創造神様を祀る神殿があるんだ。俺はそこに行きたい。それからヨウコや白亜も聖都に入れるようにするから心配しないで」

ヨウコや白亜が付いてきてくれるなら、俺は彼女たちの周りに反聖結界を張るつもり。反聖結界っていうのは俺が開発した魔法。外層に聖属性の魔力をコーティングして、中間層には無属性の魔力、内側には闇属性の魔力を充填するようにして構築する。これを使えば聖都の聖結界内に魔物や魔族を入れられる。聖結界に反発するんじゃなく、同じ聖属性の魔力で親和させることによって結界に異物ではないと誤認識させているんだ。相反する聖属性の魔力と闇属性の魔力が干渉しないよう、中間層に無属性の魔力を入れるのがこの魔法のポイントかな。

聖都の結界には魔人をも消滅させる力があるらしいが、完全体の九尾狐となったヨウコや上位の竜種である白亜なら聖都の結界に耐えられると思う。ただふたりが耐えられても、強引に聖都に入ると確実に問題になる。下手をしたら聖都の結界を破壊してしまう可能性もあった。

そうすると彼女にかなり迷惑を掛けてしまうかもしれない。というわけでヨウコたちには窮屈かもしれないが、聖都にいる間は俺の反聖結界を常に身に纏ってもらうことにした。

「あのサンクタムに魔族であるヨウコさんを入れられちゃうんですか……」

ルナは聖都に行ったことがあり、その結界の強さを知っているようだ。

「ルナさん、今更ですよ。だってハルトさんですから」

リファはだいぶ俺のすることに慣れてきたようで、最近はなかなか驚いてくれない。反聖結界を覚えるのにかなり時間をかけて試行錯誤したので、もう少しリアクションが欲しいと思ってしまう。今後はもっとインパクトのあることをしなくちゃいけないかもな。

「聖都といえば……。あの御方に会いに行かれるのですか？」

ティナは昔、守護の勇者であった時の俺と一緒に何度か聖都へ行ったことがあった。そこで俺たちは彼女と知り合ったんだ。

「違うよ。彼女も色々忙しいと思うから、今回は別に会わなくてもいいかな」

「そうですか。では聖都に行く目的というのは？」

俺が聖都に行きたい理由、それは――

「創造神様にご挨拶をね。それからちょっと相談したいことがあるんだ」

聖都に行くという提案をした翌日の朝。俺は庭に魔法陣を生成し、転移の準備をしていた。

転移先はもちろん聖都サンクタム。

「ウチは聖都に行ったことはないにゃ。どんなところなのかにゃ？」

「サンクタムは聖都と名のつく通り、国ではなくひとつの都市なんだ。でもどこかの国に所属しているわけじゃない」

「聖都は独自の法や行政機関などを有し、完全な独立都市として成り立っています」

「加えて創造神様の神託を唯一授かることのできる場所として、世界的な不可侵領域とされています。仮に聖都に戦争を仕掛けようとする国があれば、その国は世界中から制裁を受けることになるでしょう」

サンクタムに行ったことがないというメルディに聖都の説明をしてあげると、ティナとルナが補足してくれた。

「創造神様……。武神様よりもっと上の神様なのかにゃ。そんな御方に会えるのかにゃ？」

「普通はお会いできませんよ。そもそも武神様にお会いできたのだって奇跡だと思います」

リファが言うように、いくらここがファンタジーの世界と言ってもホイホイ神様が出てきてくれるわけではないらしい。神様から話しかけられる――つまり神託を授かることができただけでも末代まで語り継ぐレベル。神様が顕現し姿を見せようものなら、瞬く間に世界中で話題となる。

武神様が顕現したことで、獣人の王国《ベスティエ》は結構大変なことになったみたいだ。聖都から高位の神官たちがベスティエに派遣され、武神様が顕現した理由や経緯などを事細かに調査していったと獣人王《レオ》から連絡が入った。レオには俺が試作した遠距離通信用の魔道具を渡していたんだけど、魔道具を通して見た彼は酷く疲れた様子だった。

『奴ら、全然帰ろうとしないのです！　それなのに何度も何度も同じ話ばかり聞いてきやがって……』

レオがだいぶ怒っていた。

武神像の前に灯っていた炎を消すという試練を俺がクリアしたことで武神様が顕現してくれた。そのことをレオには話していたが、彼はベスティエの所有者《オーナー》となった俺の情報を勝手に漏らさないよう配慮してくれたようだ。武神様の顕現に俺が関係していることを隠したのでレオの説明が曖昧なものになり、神官たちがしつこく質問を繰り返したのだろう。

レオにはちょっと悪いことをしてしまった。もし俺が関係しているとバレたら……。聖都に連行されて、長い間拘束されることになったかもしれない。レオに感謝しなくては。そのくらい神様が顕現するって凄いことらしい。

「創造神様には私も一回お会いしただけなの。その後はたまに神託をいただくだけ」

創造神様から命を受けて遺跡ダンジョンの管理者となった白亜ですら一度しか会ったことがないそうだ。ちょっと不安になる。俺は創造神様にお会いして相談したいことがあった。

「普通は会えない創造神様にダンジョンの運営させてほしいって交渉しようにゃんて……」

メルディが『お前、正気かにゃ？』と言うような表情で俺を見てくる。

俺が聖都に行きたい理由は昨日のうちに話していた。遺跡のダンジョンの運営をやらせてくださいと、創造神様に交渉するのが旅行の目的だ。もちろん観光とかもする予定。

元の世界で異世界転生もののネット小説を読んでいた俺はダンジョンの運営にも興味があった。魔物や宝箱を配置して冒険者を呼び込み、冒険者の感情などをダンジョンポイントとして回収してダンジョンを成長させていく。凄く楽しそうだ。是非ともやりたい。

現在、俺のもとにはダンジョンの管理者である白亜がいる。彼女が管理していた遺跡のダンジョンは勇者育成専用で、勇者とその仲間しか入ることができなかった。ちなみにダンジョンがこの世界にできてから、これまでに二組しか入ったことがなく、どちらにも俺がいた。その二組ともがダンジョンを踏破したのだ。つまり俺は遺跡のダンジョンを完全攻略したと言ってもいいだろう。

それから勇者専用ダンジョンと言っても、現在は全てのレアアイテムが回収され、俺がルナとリュカのレベリング目的で狩り尽くしたため魔物も少ない。遺跡のダンジョンは今、酷く寂しい状態になっていた。これを俺に任せてもらえれば、冒険者で賑わうダンジョンへと変えてみせよう。

プランはある。色んな問題が起こるかもしれないが、その解決策は既に俺の頭には入っている。白亜から聞いたこの世界の一般的なダンジョンの仕組みは、俺が元の世界で読んだダンジョン運営もののネット小説の設定と酷似していたんだ。

あとはそれを実現させる力だが……。ほとんどが魔力で解決する。

ダンジョン内に魔物を生み出すには最下層で濃い魔力を放出すれば良い。ダンジョンのエリア拡張も魔力で行える。

そうなると俺ほどダンジョン運営に向いた者は居ないだろう。なんせ俺には邪神の呪い《無限の魔力》があるのだから。それでズルばかりするつもりはない。可能な限り正当な手段で運営していくつもりだけど、もし仮に冒険者の呼び込みとかがうまくいかなくても俺さえいればダンジョンの運営が破綻することはない。

それから低レベル勇者が生まれてしまった時のために、その育成もできるようにしておこう。正直、あれだけの規模のダンジョンを百年に一度来るかどうかの勇者のためだけのものにしておくのは勿体ないと考えていた。

問題は創造神様が顕現してくださるかどうか。白亜を聖都の神殿に連れていけば何とかなると思っていたのだけど、そう簡単ではないのかもしれない。

「まずは創造神様に顕現していただかないとね。出てきてくださるといいのだけど……。とりあえず行ってみよう！」

武神様の時は分かりやすかった。武神像の足元に灯された炎を離れた場所から魔法を使わずに消す試練に挑戦するだけだった。創造神様も何か試練みたいなものってないのかな。

そんなことを思いながら、俺は完成した転移魔法陣に足を踏み入れた。

――＊＊＊――

聖都サンクタムでは聖女を守る兵士として認められた者に聖騎士という称号が与えられる。

三次戦闘職の聖騎士と混同しやすいが、異世界から転移や転生でやって来た者でもなければ三次職に至れる者は非常に限られるためそれほど問題になることはなかった。

サンクタムで聖騎士になるのは容易なことではない。戦闘能力を見る試験と適性検査を受け、更に聖女への忠誠心や創造神への信仰心など審査される。無事に審査を通ったとしても、その後の厳しい訓練で聖女の前に立つことなく消えていく兵士も多い。それらを乗り越えて先月、聖騎士になったばかりのシンという男がいた。そのシンが十人ほどの盗賊から聖女セイラを守っている。

「聖女様。お怪我はないっすね？」

「えぇ。私は大丈夫ですが……」

悲壮感漂う顔をしたセイラの視線の先には数名の盗賊と聖騎士たちが地面に倒れていた。

聖女の役目として彼女は三ヶ月に一度、聖都から出て国を巡り奇蹟の御業で人々を救う。その帰り、聖都の周りを囲う防壁が遠目に見える場所に辿り着いた時にセイラたちは襲撃を受けた。およそ三十人の盗賊たちが襲いかかってきたのだ。

聖女を護衛する聖騎士は十人だったが、鍛え抜かれた聖騎士が十名もいれば盗賊など百人いても負けることはない。この盗賊たちも難なく撃退できるはずだった。

聖女の一行を襲撃した盗賊たちは異常だった。聖騎士のひとりが盗賊の腕を切り落としたが、その盗賊はひるむことなく自らの腕を斬り落とした聖騎士の首に噛み付いた。最初の衝突で三人の聖騎士たちが殺された。盗賊たちは恐怖や痛みを感じていないようで、手足が無くなっても聖騎士たちに襲いかかったのだ。

頭を潰すか首を切り落とせば動きを止めることができた。シンを含めた七人の聖騎士はなんとか二十人ほどの盗賊を倒した。

残りは八人。この調子なら聖女を守りきれる。シンがそう思っていた矢先、彼以外の聖騎士たちが次々と倒れ始めた。盗賊たちが使っていた武器に強力な毒が塗ってあったのだ。残る聖騎士はシンのみ。

「聖女様は、俺が絶対に守ってみせるっす」

彼が正式な聖騎士になったのはつい最近のことだが、聖騎士団の中では団長に次ぐ実力者だった。今回一緒に遠征した先輩聖騎士たち九人を同時に相手にしてもシンが勝つ。彼には相手の魔力が見える『魔眼』があったからだ。

強い者はみな、体内の魔力を動かして肉体を強化しつつ相手を攻撃する。そして強い者の魔力は肉体より速く動く。つまり身体を流れる魔力の流れが見えれば、次にどんな動きをするのか手に取るように分かるのだ。

魔力を動かさず攻撃してくる敵には使えない方法だが、そうした者はたいして強くないためシンが負けることはない。他の聖騎士たちを守るほど余裕はなかったが、彼は敵の攻撃を掠らせもせず十人の盗賊を倒してみせた。

(盗賊は残り八人。七人は倒せるっすけど……。問題は一番奥にいるボスっぽい男っすね)

そいつだけは他の盗賊と内包する魔力の格が違った。シンがこれまでに見たことないほどの、ヒトでは到底ありえない魔力量だった。

（もしかしてコイツ、魔人ってやつすか？　俺ひとりで倒すのは無理そうっす）

シンは手下を全部倒してから何とかボスを引き付け、聖女には逃げてもらおうと考えはじめていた。しかしその計画は直ぐ頓挫することになる。

「お前たちは聖女を捕えにいけ。コイツの相手は俺がする」

盗賊のボスがシンの前に立ちはだかった。シンにはヒトの姿をした絶望が目の前にいるようにも感じた。

シンと戦う気になったのか、ボスが纏う魔力が急激に膨れ上がる。彼はボスから目を離せなくなった。目を逸らした瞬間に死ぬかもしれないという緊張の糸が張り詰める。

動けないシンの右側を盗賊たちがすり抜けてセイラのもとへ突撃していった。

「ホーリーランス!!」

四人の盗賊が聖属性魔法に貫かれて消滅した。それは聖女が放った魔法。聖女というのは癒しの力に特化した職業だが、セイラは邪な存在と戦う能力も持ち合わせていた。

洗脳されただけであれば聖属性魔法を受けても肉体は消滅しない。しかし盗賊たちは魔人の力で肉体まで作り変えられていたようで、既に助ける方法はなかった。

「シン、貴方だけでも逃げなさい」

その声は少し震えていた。セイラもこの盗賊のボスが只者ではないと気付いている。それでも彼女はボスを睨みつけ、レイピアを構える。一方でシンは配属されて間もない自身の名前を聖女が覚えてくれていたことに心から歓喜した。

「聖女様をお守りするのが、俺の使命っすよ？　俺が逃げるわけ――」

背後から盗賊たちが音を殺して歩んでくるのを彼の魔眼は感知していた。

「ないっす！」

短剣を振り下ろそうとしていた四人の盗賊をシンは一瞬で斬り伏せた。セイラがレイピアをボスに向けていたおかげでボスの気が逸れ、彼が動くことができたのだ。これでシンにとって戦況はかなり楽になった。あとはセイラを逃がすだけでいい。

とはいえ魔人を倒すのは今のシンには不可能だ。もし聖女に創造神から受け取った聖魔力が残っていれば魔人にも勝てる可能性もあった。しかし各地を巡って力を使い続けた彼女にはもう聖魔力がほとんど残っていない。この魔人はそれを狙い、この場所で聖女たちを襲撃したのだ。

「聖都はもう見えてるっす。申し訳ないっすけど、走ってほしいっす」

「シン、貴方まさか……。あれを使うつもり？」

魔人には勝てない。しかしシンには魔人を足止めできる自信があった。魔眼があるからだ。魔眼の能力は他人の魔力を見られるだけではない。彼の魔眼には見ている対象の時を止められる能力があるのだ。

欠点としては一秒時を止めている間に十日分の寿命がなくなること。この魔眼を持つ者のステータスボードには残りの寿命も記載される。シンの寿命はあと十年ほど。この世界の基準で言えばおよそ三千日だ。

今回以外の戦闘でも魔眼を使ってしまったので、彼の寿命はだいぶ減っていた。それでも残り全ての寿命を使えば、五分は魔人の動きを止められる。聖都に入ってしまえば魔人も手が出せなくなる。セイラが聖都に入るまで寿命が持てばこちらの勝ちだとシンは考えていた。

「先輩たちが命をかけて戦ったのに俺だけ生き残ろーとか虫の良いこと思ってないっす。なんとしても聖女様はお守りするっす。先輩たちのためにも、セイラ様には逃げてほしいっす！」

シンは初めてセイラのことを名前で呼んだ。これが最期だと思ったから。

「何をするつもりか知らんが、我・ら・から逃げられるなどと思うなよ？」

「――っ!?」

突然後ろから声をかけられ、シンとセイラが驚いて振り向く。そこにはもう一体の魔人がいた。魔眼で魔力を見る限り、初めからいた魔人とほぼ同等の力を持っていることが分かる。シンの魔眼で時を止められる対象はひとつだけ。しかも対象の切り替えには数秒かかる。彼の顔に絶望が広がった。寿命と引き換えに魔眼で足止めするしかない魔人が目の前に二体も現れたのだ。

「こんな時に呼び出してすまん。もう間もなく誕生する魔王様の障害となりうる聖女は、今ここで確実に消しておきたいのだ」

「構わんよ。お前が作った人形たちをひとりで倒すコイツも早めに殺っておくべきだ」

シンとセイラを挟んで二体の魔人が会話を始めた。確実に彼らを殺す気でいるから口が軽い。

近いうちに新たな魔王が誕生するという重要な情報を得たのだが、シンたちがこのことを聖都に伝える方法などない。

会話を終えた二体の魔人がそれぞれの手に膨大な魔力を集め始める。もはやシンの魔眼でなくても見えるほど高密度に圧縮された魔力。その魔力が魔人たちの頭上で球状の塊になっていった。それは悪意と死の塊。

「さらばだ聖女、そして強き騎士よ」

魔人の手が振り下ろされた。ふたりに死が迫る。最後は騎士らしく聖女の盾になろうとしたシンがセイラに覆いかぶさった。

轟音が響き、地面が激しく揺れる。

「……あ、あれ？」

魔人二体による攻撃は相乗効果で大爆発を引き起こしたが、シンとセイラはまだ生きていた。シンが目を開けると、彼とセイラの周りを半透明のドームが覆っていた。それが魔人二体の攻撃を防いだのだ。

シンがセイラを見ると、彼女は首を横に振った。そもそも聖女といえ、神官のサポートなしで魔人二体の攻撃などとても防げない。では、この結界はいったい誰が？

実はその答えはもう分かっていた。

結界の中にはシンとセイラのほかにもうひとり——黒髪の青年がいた。

――＊＊＊――

「――ん？　えっ!?」

サンクタム近くの森に転移したら、いきなり左右から魔法攻撃を受けた。慌てて魔法壁を展開してそれを防ぐ。多分だけど、それは俺を狙った攻撃じゃない。転移したら俺の目の前にいた男女。彼らを狙った攻撃に俺が偶然巻き込まれたんだ。ついでなのでふたりも守っておく。女性のほうは見覚えがあった。

転移用の魔法陣は転移先にヒトがいるかどうかを検知できる機能があるが、俺はそれを使うのを忘れていた。ダンジョン運営の相談を創造神様にしに行くということでワクワクして気が急いていたというのと、聖都からだいぶ離れた森の中に転移魔法陣を設置していたから油断したんだと思う。

転移魔法もまだまだ改良の余地があるな。少なくとも転移先にいるヒトを検知する機能は自動で発動するようにしておかなくては。今回はたまたまだけど、古い知人を助けることができたから結果オーライってことにしておこう。

「あ、あんた誰っすか？」

騎士の格好をした男が尋ねてきた。かなりピンチだったようで、現状が把握できず混乱してるのも無理ない。

「俺はハルト＝エルノール。グレンデールの賢者です」

「け、賢者!?」

最近は隠さず賢者を名乗るようにしている。必要ならステータスボードの職業欄だけを見せて証明もする。名を売っておけば将来仕事がもらいやすくなると思ったからだ。特に相手が権力者であれば割のいい依頼をくれる可能性が高くなるので、しっかり賢者であることをアピールしておく。

俺の記憶が正しければ、目の前で地面に座り込んで騎士に守られている美女はサンクタムの聖女様。聖女と言えば聖都では一番発言力がある人物で、俺の将来展望のためにも是非とも仲良くさせていただきたい御方だった。

俺がこの美女を聖女様――セイラだと知っているのは、百年前ティナと一緒に何度か会ったことがあるから。それから聖女である間は歳を取らないというのは本当だったんだ。昔見た時と変わらず、セイラはすごく綺麗だった。俺は当時のセイラと少し仲良くなっていたので声をかけようとも思ったが、今の姿で『俺』だと分かるわけがないのでやめておいた。とりあえず邪魔な魔人を片付けよう。

「ハルト様、これは――」

「なんか、やばそーな奴らがいるにゃ」

「魔人じゃな。我が殺ろうか？」

「「私たちでもいいですよ！」」

「わ、私はちょっと無理そうです」

「じゃあ、ルナさんは私に補助魔法をください」

「あっ、それならお任せください！」

どうやって魔人を倒そうかと考えていたら、転移魔法陣からエルノール家のみんなが出てきた。転移先に魔人がいたわけだけど、みんなが転移してくるのを止め忘れていたから全員こっちへ来てしまった。

ヨウコとマイ、メイが殺る気だった。完全体の九尾狐になったヨウコと精霊王級へと成長したマイ、メイならば魔人程度に後れを取ることはないだろう。三人の今の力を見ておきたい気もする。

「じゃあ、ヨウコとマイ、メイであの魔人たちを頼む」

「分かったのじゃ！」

「「りょーかいです！」」

「リファは奴らが逃げたら撃ち落として。ルナはそのサポートをお願い」

「はーい！」

「分かりました！」

「我の出番はないか？」

俺の首元でマフラーと化していた神獣《フェンリル》のシロが俺の右肩へと移動しながら聞いてきた。

「俺がマイとメイにつくから、シロはヨウコについてサポートしてあげて」

「承知した」

ヨウコなら大丈夫だと思うけど、念のためシロについてもらおう。

「ティナとメルディ、それから白亜は彼女たちを守ってね」

「分かりました。皆さん、頑張ってください」

「ウチらは防衛部隊にゃ！」

「分かった、守るの！」

三人には戦闘の余波からセイラと騎士さんを守ってもらうことにした。

「久々に本気を出そうかの」

「「私たちは準備完了です」」

ヨウコは尻尾を具現化して戦闘モードになった。マイとメイも精霊体になっている。

「それじゃ、よろしくー」

魔法壁を解除した。それと同時に魔人たちが仕掛けてくる。

「なんなんだ貴様ら!!」

「我らの邪魔をするつもりか――ぐはっ!?」

炎を纏った精霊体のマイが超高速で右側にいた魔人の前まで移動し、その魔人の顔面を殴りつけた。殴られた魔人はかなりの勢いで後ろへ吹き飛ばされ、直径三メートルほどの水球に飲み込まれた。それはメイが作り出した水牢だ。

「さよなら」

メイが水牢にかざした手を握ると、三メートルもの大きさがあった水の球体が一瞬で飴玉ほどの大きさに圧縮された。この水牢に完全に囚われていれば魔人といえども確実に命を落とす。

しかし――

「ダメ、逃げられた」

「貴様ぁ!! 我が足を。絶対に許さんっ!!」

右足を潰されたものの何とか水牢から抜け出した魔人が上空からメイに襲い掛かった。それでもメイは慌てる素振りを見せない。魔人の背後に自分を守ってくれる姉の姿を捉えていたからだ。

「私の妹に、手を出すなぁぁああ!!」

「――っ!?」

魔人より更に上空に移動していたマイ。彼女は右の拳に溜めた超高温の炎の塊を魔人に向けて容赦なく振り下ろした。

「ばか、な――」

マイの炎によって魔人は焼き尽くされた。その圧倒的な回復力により手足の欠損ですら瞬時に再生してしまう魔人も、精霊王級の存在となったマイの炎には耐えられなかった。

「な、なん…だと……」

「お主、よそ見しておる余裕があるのか？」

「えっ!?」

仲間が倒されたことに驚いていたもう一体の魔人が声をかけられたほうに顔を向けて驚愕す

る。ヨウコの九本の尾すべての先端に凶悪なほど膨大な魔力が圧縮されており、それが魔人に向けて放たれる寸前だった。

「さらばじゃ」

ヨウコが九本の尾の先端を身体の前に集めると、そこから光線が放たれた。

「ぐぅっ!?」

魔人はそれを躱した。地面に転がる盗賊の死体を操って盾にし、ヨウコの尻尾ビームを少し逸らしたんだ。それでも完全に躱すことができず、魔人は右手を失った。

「お前たち……。今日のことはいずれ後悔させてやる」

魔人は転移で逃げようとしていた。そんなの俺が許さない。

「な、なぜだ？　なぜ転移門が開かない!?」

「俺の魔力で空間を歪ませて転移門の構築を妨害してる。転移は無理だよ」

「馬鹿な！　下等な人族ごときに、そんな芸当ができてたまるかぁ!!」

そうは言っても、できちゃったんだから仕方ないだろ。

「くっ！」

何度やっても転移できない魔人は転移を諦め、背中の羽を広げて飛び立った。しかしすぐにその羽を撃ち抜かれ、俺の目の前の地面に転がり落ちてきた。レベル100を超えた付術師であるルナに補助魔法をかけてもらったリファが風魔法の矢で魔人の羽を撃ち抜いたんだ。

「おかえり。逃げるのは諦めたら？」

「く、く、クソがぁああ!!」

魔人が発狂しながら俺に飛びかかってきた。俺の頭上に用意された魔法の発動を止めなければいけないと考えたのだろう。でももう遅い。

「ホーリーランス!」

ランスとは名ばかりの直径十メートルはある光の柱が魔人に落ちてくる。断末魔の叫びを上げることもなく魔人は消滅した。

この場には二体の魔人がいたわけだけど、俺の家族なら問題なく撃退できることが分かって少し安心する。一体は俺が仕留めちゃったけど、あのまま戦っていればヨウコは魔人を倒せたはずだ。

不安があるとすればルナがひとりで魔人か悪魔に遭遇した時かな。付術師であるルナが個人で魔人と戦うのはかなり厳しい。ルナにはみんなに渡しているブレスレットより強めの魔法を込めた魔具を別で渡しておこうかな。

「危ないところを助けていただき、ありがとうございました。このお礼は必ずします」

セイラが俺たちに頭を下げた。

「気にしなくていいよ。たまたま移動してきた所にセイラがいたから助けただけ」

「お前、聖女様を呼び捨てにするなんて……。死にたいんすか?」

騎士さんに怖い顔で怒られてしまった。昔のクセで、つい。セイラと呼んでくれって彼女に言われたからそう呼んでたんだけど、それは俺が百年前この世界に勇者として転移して来た時の話だ。今は一般人である俺が聖女様をそう呼んだら怒られてしまうのも無理はない。

「シン、おやめなさい。この御方は英雄ティナ＝ハリベル様のお仲間ですよ」

「えっ!?」

セイラはティナのことを覚えていたようだ。俺のことは分からないみたいだけど……。それは仕方ないな。

自分を守ってくれていた童顔エルフが世界を救った英雄ティナだと教えられ、騎士さんは驚いていた。

「私の騎士が失礼致しました」

「いえ、気になさらないでください。こちらこそ聖女様に無礼なもの言いをしてしまい、申し訳ありませんでした」

とりあえず謝っておく。騎士さんが睨んでくるので敬語で話す。

「セイラさん、お久しぶりです。私のことを覚えていてくださったんですね」

「もちろんです。聖都を、そして世界を救ってくださったティナ＝ハリベル様を忘れるはずありません」

「ありがとうございます。ただ、一点だけ訂正させてください。私の名前、今はティナ＝エルノールなんです」

「エルノールって、もしかして――」

「はい。私はハルト様の妻です」

そう言いながらティナが俺の腕に抱きついてきた。ちょっと恥ずかしい。

「改めまして、ハルト＝エルノールです。グレンデール王国在住の賢者です」

「そ、その若さで賢者ですか……」

レベル1なんですけどね。

「ステータスボードを見ますか？」

「い、いえ、大丈夫です。先程の魔法が貴方のお力を証明していましたから」

俺の力を見せつけることができたので、セイラの目の前で魔人を倒したのは正解だった。これで将来、俺を頼ってくれること間違いなしだ。聖女様のご依頼、お待ちしておりまーす！

「あの、お願いがあるのですが……」

「えっ」

もしかして、さっそく依頼かな？

「なんでしょうか？」

「彼らを聖都まで運ぶのを手伝っていただきたいのです」

セイラの依頼は周りで死んでいる聖騎士たちを聖都まで運ぶことだった。聖都まで戻れれば彼らを蘇生させられるらしい。でも時間がなかった。

「今から聖都まで応援を呼びに行くと何人かは助けられません。お願いです。お力をお貸しください」

セイラが地面に膝をつき、俺たちに頭を下げた。白い鎧を纏って死んでいる者たちは聖騎士というセイラを守る兵士だ。

「お、俺からもお願いするっす。先輩たちを助けるために協力してほしいっす！」

騎士さんもセイラに並んで土下座してきた。この人ならひとりで数人を一度に運べるかもしれないが、全員は助けられないと判断したみたい。

周りを見渡す。何人かの聖騎士は手足が引きちぎられていた。内臓が身体の外に飛び出している者もいる。彼らをそのままの状態で運ぶのは、申し訳ないけど少し抵抗があった。

「聖都まで運ばず、ここで蘇生させましょう。聖女様は蘇生魔法《リザレクション》を使えますよね」

セイラが蘇生魔法を使っているのを見たことがあるから知っている。そして今、ここで彼女がそれを使えない理由も分かる。

「リザレクションは使えます。ですが……魔力が足りないんです」

蘇生魔法には膨大な魔力が必要だ。元々魔力量が多い竜人族《ドラゴノイド》のリュカですら、蘇生魔法を使う時は竜化して魔力量を底上げしてからでないと使用できない。セイラは創造神様に祈り、信仰心を捧げることで魔力を分け与えられる。彼女はその創造神からもらった膨大な魔力を全て受け入れられる『器』ではあるが、本人が魔力を生み出す能力が高いわけではないらしい。

現在のセイラの魔力量はほとんど残されていなかった。だから急いで聖都に戻り、創造神様から魔力をもらわなくては蘇生魔法が使用できないというのだろう。

とはいえ足りないのは魔力だけ。そしてここには俺がいる。全ての問題が解決した。

「俺が聖女様に魔力を渡しますので、それでリザレクションを使ってください」

「む、無理です！　いくら貴方が賢者でも、ひとりの蘇生にいったいどれほどの魔力が必要か」

「それは主様から魔力を受け取ってから判断してほしいのじゃ」

「『その通りです！』」

俺から魔力を受け取ったことのある三人が擁護してくれた。化け物級の魔力を持つヨウコと、見た目からもかなり上位の精霊だと分かるマイとメイが説得してくれたのでセイラは俺から魔力を受け取ることに同意してくれた。

「それじゃ、いきますね」

「は、はい。お願いします」

セイラに魔力を送り付ける。ついでに彼女が扱いやすいよう聖属性にしてから放出していく。

百万くらい送ったところで異変が起きた。

「あ、あの！　も、もう、はいらないです」

セイラがちょっと苦しそうにして、魔力を送り込んでいた俺の手から逃げるように離れていった。この程度でいいのかな？　大量の魔力を送り込んだことで存在の格を上げたマイたちとは違い、セイラは人族なので魔力の入れすぎはよくない。

「う、うそ。こんなことって……」

セイラの身体がぼんやりと光り輝いていた。

――＊＊＊――

「これだけで足りますか？」

ハルトさんがそう聞いてきました。信じられませんでした。普段、私が創造神様からいただく何倍もの魔力を送り付けておいて『足りますか？』――って。私が聖女になった日から今日まで、魔力がいっぱいになったことなんて無かったんです。聖女ってそういうものなんだそうです。魔力量の上限がかなり上昇します。以前、創造神様から魔力をいただいた直後に確認したステータスボードには――

魔力：25200０/？？？

と表示されていました。創造神様が一度にくださる魔力には多少のバラツキがありますが、だいたい二十万前後です。レベル90の上級魔法使いの魔力量が最大で五千程度なので、二十万の魔力というと上級魔法使い四十人分に相当します。凄い魔力量なんです。それだけの魔力を創造神様から受け取っても全然余裕がある私って、凄くないですか？

これは私の密かな自慢だったのです。

しかし今日、その受け取れる魔力量に限界があることを初めて知りました。私はハルトさんから魔力をもらいすぎて、ちょっと気持ちよくなってしまったんです。なんだか体が熱くって、頭がボーッとします。これは多分、魔力酔いです。

魔力を自分の器以上に受け入れてしまうと魔力酔いという症状がでます。他人の魔力をもらう時になるのも魔力酔いと呼ばれていますが、魔力の波長を合わせることで受け渡しによる魔力酔いは防げます。

賢者だというハルトさんはさすがでした。私の魔力の波長をまるで以前から知っていたかのようにピッタリと合わせて、しかも聖属性の魔力に変えて渡してきてくださったのです。ですから魔力の受け渡しで魔力酔いにはなりませんでした。

感覚的にいつも創造神様からいただく魔力の量を超えてもハルトさんが送ってくる魔力が途切れなかったので驚いていたら、急に身体が熱くなってきました。私は聖女になって以来初めて、魔力酔いを体験することになったのです。

リザレクションに必要な魔力量は一万です。聖都の結界の維持に必要な魔力は十万です。これでハルトさんが私に送ってきた百万もの魔力がどれほど異常であるか、お分かりいただけますでしょうか？　他者に癒しを与える聖女の私が、魔力を送ってくださっていたハルトさんの手を強引に振り払って逃げてしまったのも仕方のないことなのです。

いったいどうなっているのでしょう？

賢者と言っても、これほどまでの魔力をどうやって――いえ、今はそんなこと気にしている場合ではありませんね。私を守るために命を落とした騎士たちには時間がないのです。魂と肉体との結びつきが弱くなってきている者が何人かいます。

急いで彼らを助けなくてはいけません。

いくらハルトさんから魔力をいただいてリザレクションが使えるようになっても、魂と肉体の結び付きが希薄になってしまえば私では蘇生できないんです。

　竜人の里にいると噂される竜の巫女。彼女であれば遺体の魔力に呼応する魂を見つけ出して蘇生させられるので、最大一日の猶予があるそうですが……。あいにく私は竜の巫女にお会いしたことはありませんし、そもそも本当に存在するのかも怪しい人物です。そんな方を頼りにできません。ですから私の騎士たちは、なんとしても私が蘇生させなければならないんです。

　私はハルトさんに深くお辞儀してから蘇生の準備に取り掛かりました。リザレクションは肉体から離れた魂を肉体に戻す魔法で、肉体の損傷が自動で治るわけではありません。なのでまずは騎士たちの遺体を治癒する必要があります。私が回復魔法を使おうとしていると、ハルトさんが近づいてきました。

「聖女様はリザレクションのために魔力を取っておいてください。彼らの肉体を治癒するのは俺がやります」

　私、百人を蘇生させられるだけの魔力を貴方からいただいているのですけど……。それに手足が千切れた者の治癒はいくら賢者といえ難しいはずです。そう言おうとしましたが、ハルトさんはすでに動き始めていました。彼のお仲間やシンに指示を出しながら、散らばっていた騎士たちの亡骸を一箇所に集めていきます。そして彼は回復魔法を使ったのです。

「ヒール！」

　本日何度目でしょうか。目を疑いました。ハルトさんは確かに初級回復魔法であるヒールを使いました。それは魔力の流れからも間違いありません。なのにその効果はヒールではありりませんでした。

回復に特化した上級療術師のみが使用可能となるブライトヒール。彼が使用したのはまさにそれでした。酷く損傷していた騎士の亡骸が瞬く間に回復していきました。

私は聖女です。この世界でトップクラスの回復魔法使いなんです。一番だと言ってもいいと自負していました。そんな私から見て、ハルトさんの魔法は異常でした。

ヒールは重ね掛けすることで上位の回復魔法と同等の効果を得られますが、そんなことをするより普通に上位回復魔法を使ったほうが魔力効率が良いのです。ハルトさんの魔法はまるでヒールを数百回重ね掛けしたような効果をもたらしたのです。それも、倒れている九人の聖騎士全員に。

「これでよし。ルナ、聖女様が蘇生魔法を使いやすくなるよう補助をお願い」

「分かりました！」

彼の回復魔法に唖然としていたら、いつの間にか補助魔法をかけていただきました。

「あ、ありがとうございます」

この補助魔法も普通ではありませんでした。かけていただいたのはコンセントレイアップという集中力強化の補助魔法で、魔法発動の成功率を上昇させてくれます。魔法の効果を少し向上させてくれることもあります。

一般的な付術師の補助魔法とはステータスが数パーセント上昇する程度のものなのですが、私にかけられた補助魔法は私の集中力を数倍にも高めてくださるものでした。魔法をかけてくださった青髪の少女が、まるでレベル100を超えているかのような効果でした。

いいえ、さすがにそれはありえないですね。付術師でレベル100を超えるなんて聞いたことがありません。いくらパーティーを組んで魔物を倒しても、個人で魔物を倒せない付術師はとてもレベルを上げにくいのですから。きっとレアな魔具でステータスを補っているのです。そう思うことにしました。さぁ、私の騎士たちを蘇生させましょう！

「リザレクション！」

いつも通り魔法を発動させたつもりでした。目の前にいる蘇生までのタイムリミットが近い騎士ひとりに対して発動したはずの魔法。しかしハルトさんからもらった莫大な魔力と高められすぎた集中力により、私の蘇生魔法は勝手に一段階昇華してしまいました。その魔法発動エリアにいる全ての者に癒しと加護を与える究極の回復魔法——ディバインブレスが発動したのです。


——＊＊＊——


辺り一帯が眩い光に包まれる。

「これは……。ディバインブレス、ですか？」

「あぁ。多分そうだね」

ルナはこの魔法を知っているようだ。俺も本で読んだことがあった。術者を中心に一定の範囲内にいる全ての味方に強い癒しを与える最上級の回復魔法。さすがは聖女様。時間が無いから一気に騎士たちを蘇生しようと考えたのだろう。

でもそんな無理をしてしまって魔力が尽きないのか心配になった。魔視でセイラの魔力残量を確認する。足りなくなりそうなら追加で彼女に魔力を送り付けようと準備をしていた。

……あ、あれ？　セイラの魔力、減ってなくね？　セイラの魔力はほとんど減っていなかった。もしかしてリザレクションって、そんなに消費魔力多くないのかな？

そんなことを考えているうちに倒れていた騎士たちの顔に生気が戻ってきた。良かった。無事に全員を蘇生させることができたようだ。

蘇生できたとしても彼らが目を覚ますには時間がかかる。一度身体を離れた魂をリザレクションで元に戻したとしても、完全に魂が肉体に定着するまでに最短で半日、長くて一週間ほど必要なのだ。つまり意識のない大柄な男九人を俺たちが聖都まで運ばなくてはならない。

また彼らが身に纏っている純白の鎧は付与された魔法の効果で身に付けると重さはほとんど感じないが、普通に運ぼうとすると相応の重量になる装備だという。かなりレアなものっぽいので脱がせて置いていくわけにもいかない。聖都の中にはまだ転移魔法陣を設置していないので、ここから転移はできない。要するにめんどくさいってことだ。

ティナに聖都まで連れてってもらって転移魔法陣を設置してから戻ってくるか、風魔法とかで無理やり運ぶか……。

んー。どうしようかな？

「ハルト様、こちらに近づいてくる魔力があります」

「おっ。それって」

「この感じは人族だと思われます。統率のとれた動きで複数人います」

どうやって気を失っている騎士たちを運ぼうかと考えていたら、聖都方面からこちらに向かってくる複数の魔力をティナが感じとった。魔力の動き方が訓練された人族っぽいというので聖都の守備部隊とかだろう。良かった。これで騎士たちを運ぶのが楽になる。

「聖女様！　ご無事ですか!?」

真っ赤な髪の女騎士が現れた。どうやら聖騎士っぽいんだけど……。赤髪の彼女が身に纏う鎧は、俺の前に倒れている男の騎士たちのものとは少し違った。露出が多いんだ。『本当にそれ鎧ですか？』と聞きたくなってしまうような格好をしていた。

確かに動きやすそうではある。でもへそが丸出しとなっているお腹の部分とか、白く綺麗な太ももが丸見えな下半身とかは防御力がほとんどなさそうだ。もちろん目の保養にはなる。そういう意味ではこの鎧、実に素晴らしい。

「貴様、何を見ている？」

「す、すみません」

女騎士さんに怒られてしまった。で、でも、そんなえっちぃ格好している貴女にも非があると思います！

「チッ、下衆が」

うわぁ……。この人、めっちゃ口悪い。

スタイル良くて顔も凄く綺麗なのに、その態度は最悪だった。

「エルミア、この御方が魔人から私たちを助けてくださったのです。無礼な物言いはおやめなさい」

セイラが俺を擁護してくれた。女騎士はエルミアという名前らしい。

「ま、魔人!? い、いや、シンがいたのなら魔人くらいなんとか」

「団長、俺でも魔人は無理っすよ。しかも魔人、二体いたんで。今回は正直言って死んだって思ったっす」

「魔人が二体!? そ、それを彼らが退けたというのですか？」

「退けた、というより」

「浄化してたっすね」

「ええ。魔の因子の欠片も残すことなく」

エルミアが俺のほうを見て固まった。

「そちらのハルト様は賢者だそうです。その職に見合う力をお持ちでした。また、奥にいらっしゃる黒髪のエルフ族は英雄ティナ様です」

「えっ……」

セイラの話を聞き、エルミアの顔が青くなる。

「ここに倒れている貴方の部下たちはみな、魔人に殺されました。それを救うための魔力を提供してくださったのもハルト様なのですよ」

「も、申し訳ありませんでした!!」

勢いよくエルミアが頭を下げてきた。彼女の身体をジロジロ見てた俺が悪いのだから、謝ってもらうのは少し違う気がする。この時、俺に頭を下げるエルミアの胸元が視界に入ってしまい、その豊満な谷間につい目を奪われた。

ふと周りからの視線を感じた。シロを除く家族全員が俺に冷ややかな視線を送っている。お、俺が悪いのか!?　仕方ないだろ……。俺だって健全な男子なんだから。どうしても見ちゃうんだよ。目の前に際どい鎧を着た巨乳美女がいたらさぁ！　——なんてことを言える雰囲気ではなかった。

「気にしないでください。それより早く彼らを聖都に運んであげましょう」

魔人二体を相手にしていた時よりピンチな状況を、この場から移動することでなんとか打破しようと試みる。

「ありがとうございます。まもなく他の部隊の者がここに来るはずです。この者たちの移動は彼らが来てから行いますのでご心配なく」

急にエルミアが俺の手をとった。その手が彼女の胸に押し当てられる。

「先程は無礼な発言、大変失礼いたしました。それから私の部下たちを救っていただき、本当にありがとうございました」

上目遣いでそう言われたが言葉はほとんど頭に入ってこなかった。俺の意識はエルミアの柔らかな胸に触れる手の触覚に全集中している。強まる周りからの冷たい視線。俺はもう後で怒られることを覚悟して、エルミアの胸を堪能することにした。

その後、聖都からやってきた十数人の聖騎士たちが魔人にやられた者たちを回収していった。俺たちもその一団について聖都に移動することになり、聖騎士たちが連れてきた馬車の一台にセイラとエルミア、シンと一緒に乗せてもらった。

馬車の中で改めて全員が自己紹介して、エルミアがサンクタムの聖騎士団団長だということを知った。騎士団長がそんな格好でいいのか？　聖騎士じゃなくて性騎士じゃないか。俺の対面の座席にエルミアが座ったので非常に目のやり場に困る。当然ながら正面を見るふりして彼女の豊満な胸元をチラ見してる。

そういえば元の世界のネット情報によると、女性は自分の胸を見ている男性の視線に気づいていると書いてあったな……。そんなことを思い出して目線を上げると、エルミアと目が合った。彼女はどこか誇らしげな表情だった。まるで『この自慢の躰、見たければ好きなだけ見るといい』と言われているようだ。

なんか悔しくて視線を胸から逸らす。胸から視線を逸らすことには成功したが、俺の視線はエルミアの美脚に釘付けになった。すごく綺麗だった。

もちろんティナやリファのもすごく綺麗だよ？　でも家族以外の生脚ってなると、また違った価値がある。だから目を逸らせない。

そんな俺の視線にエルミアは絶対気づいている。だから恐らくわざとなのだろう。丁寧に膝を揃えて座っていた彼女が急に脚を組み始めた。おっ、おぉぉぉ!?　い、いまちょっとパンツ見えた!!　やっぱ聖騎士と言えば下着は白だよね。分かってるじゃないか。

「ハルト様」

「ひっ!?」

俺の左側に座るティナが静かに冷たい殺気を放っていた。

「ハルトさん？」

俺の右側に座るリファは笑顔だったけど、その笑顔がなぜか凄く怖い。額から嫌な汗がしたたり落ちてくる。

く、くそっ！　ほとんど――否、全部エルミアが悪いのに……。

エルミアを見ると、彼女は笑っていた。俺が妻から責められるこの状況を楽しんでいる。

コイツ……。いつか絶対、女騎士さんでは定番の『くっ、殺せ』――通称『くっ殺』を言わせてやるからな!?

頭ではエルミアが悪くないって分かってる。

でも心が、俺の魂が彼女をいつか虐めろと叫んでいた。


――＊＊＊――

聖都に到着し、居心地の悪い馬車から降りることができた。聖都に入るための門の前には聖騎士とは違った格好の兵士たちが並んで立っている。

「聖女様。魔人に襲われたと聞きました。ご無事で良かった」

高そうな衣服を身に纏った目つきの悪い男が前に出てきてセイラたちを出迎えた。なんとなくだけど、彼の『良かった』という言葉にはセイラを思いやる気持ちがあまり込められていないような気がした。

「イフェル公爵。わざわざお出迎えありがとうございます」

セイラがイフェルという男に挨拶する。彼は公爵で、この聖都を統治する人物。

聖都で一番偉いのはイフェル公爵だが、セイラは人々や貴族たちからも人気がある。更に神の神託を受け取れる唯一の人物ということで、彼女の発言力はイフェル公爵も無視できないもののようだ。セイラの人気をイフェル公爵が面白く思っておらず、彼女や彼女を守る聖騎士に対して嫌味を言ってくることもあるらしい。

そうした情報を聖都までの道中にシンが教えてくれた。セイラはそんなことないと否定していたが、俺がイフェル公爵のセイラへの態度を見る限り、彼女のことを良く思っていないのは間違いなさそう。

「聖女様。こちらの方々は？」

イフェル公爵がセイラと同じ馬車から降りてきた俺たちに対して興味を持ったようだ。

「私は彼らに命を救われたのです」

「初めまして。グレンデールの賢者、ハルト＝エルノールです」

「おぉ、その若さで賢者なのですか。此度は我がサンクタムの聖女をお助けいただき、誠にありがとうございました」

イフェル公爵が手を差し出してきたので握手に応じた。

……あ、あれ？

なんとなく彼のことが怪しく感じたので読心術を使おうとしたのだが、何かに阻まれ彼の心を読むことができなかった。

精神攻撃を防ぐ魔具でも身につけているのだろうか？

それから気になることがもうひとつ。イフェル公爵から邪神のオーラを凄く薄めたようなものを感じたのだ。

でもそれは以前エルフの王国《アルヘイム》で見た悪魔の何千分の一程度のもの。もしかしたら邪神にまつわるアイテムでも所持しているのかもしれない。そう思うことにした。

少なくともイフェル公爵が邪神に連なる者である可能性はない。なぜなら俺たちが現在いるここは、既に聖都の聖結界の中なのだから。魔人が一瞬で消滅するような結界の内部にヒトに扮した魔人や悪魔が入れるわけがない。

ちなみにヨウコと白亜の周りには既に反聖結界を張っている。聖結界の中でも問題なく行動できるようだ。セイラの目の前でヨウコは尻尾を具現化して戦った。その後、彼女が魔族であることと俺の契約魔であることを伝えて、聖都にヨウコを連れて入る許可をもらった。

この世界にはヒトと友好関係を築く魔族がいる。ゴブリンが進化したホブゴブリン族や、オーガが進化した鬼人族がその代表だ。そうした魔族の中には聖女に救いを求めてこの聖都に来る者たちもいる。ヒトに害をなさない魔族なのだが、聖結界は彼らを拒絶してしまう。そこで聖都への入場を希望する魔族には『制魔の護符』という魔具が渡されるそうだ。制魔の護符を持っていれば魔族であっても聖結界に弾かれることなく聖都に入ることができる。その代わり魔族としての力や魔力は一時的に失われ、人族と変わらないか、それ以下の力しか出せないようになるのだ。

セイラがヨウコと白亜にその魔具を用意してくれると言ったが、ヨウコたちの力が制限されてしまうのは何かあった時に困るかもしれないので予定通り俺が反聖結界を張ることにした。

それから俺たちは聖都の中に入った。セイラが身元保証人となってくれたおかげで検査などもなく、すんなり入ることができた。

「それでは私はここで失礼します。此度は本当にありがとうございました。もし聖都滞在中にお困り事があれば、いつでも私に声をかけてください」

「分かりました。聖女様も何かあれば遠慮なく言ってくださいね。俺たちは一週間くらいここに滞在する予定ですので」

「はい。もしもの時は頼りにさせていただきます」

笑顔で手を振りながら、セイラはエルミアたち聖騎士に囲まれて去っていった。聖女とパイプを作ることができて俺は満足していた。これだけでも聖都に来た甲斐があったと言える。

でもメインイベントは明日だ。創造神様に顕現していただいて、獣人《ベスティエ》の王国にある遺跡のダンジョンの管理を任せてもらえないか交渉する。

不安や緊張はしている。でもそれ以上にワクワクしていた。交渉材料も色々準備している。

さぁ、創造神様との交渉を頑張ろう。


翌朝、俺たちは創造神様が祀られている大神殿までやってきた。俺がこれまでに見たことのある海神や武神の神殿よりかなり大きかった。さすがは最高神の神殿だ。昔はこの神殿だけがぽつんとこの地にあったらしい。いつからか神殿の周囲に人が集まり暮らし始めて街ができ今の聖都となったので、聖都は神殿を中心とした円の形で発展していったようだ。

大神殿の周りには既に多くの人がいた。これから朝の礼拝が始まる。大神殿に入るチャンスは一日に三度ある。早朝の礼拝の時間、聖女が人々に奇蹟を与える時間、それから夕方の礼拝の時間だ。

その中で早朝が最も礼拝に来る人が少ないということでやってきたのだが、どう見ても千人近い人々が集まっている。ここにいる全員が一斉に創造神様に祈りを捧げるとなると、俺ひとりの声なんか創造神様に気づいてもらえないんじゃないかと思う。とはいえ既に礼拝にやってきた人々の列に並んでしまっているので、やるだけやってみよう。

大神殿の扉が開かれるのを待っていると突然、神殿の中で大量の魔力が移動したのを感じた。

その数十秒後、この聖都を覆う聖結界が強化された。おそらくセイラが創造神様から魔力をもらい、その魔力で結界を強化したんだ。それが聖女としての仕事だとセイラから聞いたことがある。聖結界の強化は魔力操作的にはそこまで難しくはないが、失敗すれば聖都に住む数万人の人々を危険に晒す恐れがあるため、かなりプレッシャーがかかるのだと言っていた。百年経った今でも――いや、セイラは聖女になってから二百年間毎日これを続けている。とても真似できることではない。

しばらく待っていると、神官たちにより大神殿の大扉が開け放たれた。神殿前の広場に集まっていた人々がゾロゾロと中に入っていく。

俺たちが神殿内部に入った時、セイラはそこにはいなかった。なんとなく気になってセイラの魔力を探ってみる。彼女は俺たちの足元、神殿の地下にいた。セイラの魔力はそこから全く動かない。彼女の周りには聖騎士たちの魔力もない。

ひとりで何をしてるんだろう？

ちょっと気になるが、俺の魔力探知能力はそこまで優れているわけではなく、その魔力がどの方向に、どのくらいの距離離れているのかがぼんやりと分かる程度。魔力探知に秀でているティナは数キロ離れていても魔力の動きから、そこにいる人が立っているのか座っているのかなどを判別できるらしい。

セイラが今何をしているのかをティナに確認してもらうこともできるのだが、なんとなくやめておいたほうがいい気がした。地下空間にお風呂があって、そこでセイラが身を清めていたりしたら。魔力を見ているだけなので覗きではないのだが、道徳的にアウトな気がする。しかも自分ではなくティナにやらせるというのも気が引ける。

セイラの魔力がじっと動かないのでお風呂に入っている、もしくは横になって休んでいる可能性があった。そんな彼女の様子を魔力の動きだけとはいえ覗き見るのはあまりよろしくないだろう。セイラのことは気になるが、今は創造神様への挨拶に集中することにした。

礼拝の時間が終わった。結論から言うと、創造神様は顕現してくださらなかった。朝の礼拝にくる人は少ないと言っても千人くらいはいる。そこに創造神様が顕現したら大変な騒ぎになるので、逆に良かったのかもしれない。

とはいえ俺のダンジョン管理計画は最初期の段階で躓いてしまった。創造神様に会えなければ交渉しようがない。ちょっと考えが甘かった。俺が会ったことのある海神様と武神様はすんなり姿を現してくれたから。

海神ポセイドン様は海底にある神殿に行ったら普通にそこにいたし、武神様は神殿の炎を消したら現れるという分かりやすい基準があった。神の使いである神獣のシロと、創造神様から直接ダンジョンの管理を任されていた白亜を連れてきたので声くらいはかけてくださると思っていたのだけど……。

「ハルト様。神託などはありましたか？」

「いや、何もなかった。ティナは？」

「何もありませんでした」

ティナも魔王を倒した時に少しだけ創造神様から労いの言葉をいただいたと言うが、今回は何も無かったようだ。

「我にも神託はなかった」

「私もなの」

シロと白亜も何もなかったという。ちなみにシロは神々の使いである神獣だが、こちらから創造神様に話しかけることはできないという。目論見が外れた。これからどうしようかな？

礼拝が終わったので人々が神殿から退出を始める。この場に残ることはできないようなので、周りの人について神殿を出ようとした。

「そこの御方、少しよろしいか」

灰色のローブを纏った老人が声をかけてきた。目元までフードを被っていて顔が見えない。

「儂についてきなさい。お仲間も」

優しい声だった。なぜか老人の言葉に逆らう気になれず、俺たちはその老人についていった。貴方は誰かと、問いかける気もおきなかった。

大神殿の両脇にはいくつかの通路があり、老人はそのうちのひとつに入った。他の通路の出入口には聖騎士が立っていて一般人が入らないように見張っているのだけど、老人が進む通路には聖騎士がひとりもいない。俺たちが通路に入っていく姿を見た聖騎士もいるはずなのに、騒ぎになることもなかった。

しばらく無言で歩くと老人が壁の前で立ち止まり、まるで扉を開くような動作を行った。すると何も無かったはずの壁に真っ白な扉が現れ、老人はその扉から中の空間へと入っていった。

自然と俺たちの足が前に進んでいく。気付くと全員が真っ白な空間に立っていた。

なんとなく感覚で分かる。ここは俺は何度か来たことのある空間――神界だ。

「こ、ここは？」

ティナが不安そうに辺りを見回す。リファとルナが俺のそばにやってきて不安そうに俺の腕や服を掴んでいた。

「「ここって、もしかして……神界？」」

精霊であるマイとメイはなんとなく気付いたようだ。

「左様」

後ろから声がして振り返ると、灰色のローブを着た老人が俺たちの入ってきた扉を閉めようとしていた。扉が閉められ、見えていた神殿の壁が見えなくなる。その場には始めから何も無かったかのように扉が消えた。

「儂が顕現すると色々面倒なことになるのでな。お前たちに神界まで来てもらった」

フードをとった白髪白髭の優しそうなおじいさんが笑顔を見せていた。この御方が創造神様だ。俺が以前に会った時と変わらない姿だった。

03

家族紹介

LEVEL 1 NO SAIKYO KENJYA

「久しいの、ハルト」

「お久しぶりです、創造神様。俺、転生してこの世界に戻ってきました」

「そのようだな。儂の子が、悪いことをした」

「創造神様の子？　邪神様のことでしょうか？」

「そうだ。彼奴がお前を無理やり転生させたのだろう？」

俺は女の子を助けようとして、車に轢かれて死んだ。その女の子は邪神が俺を殺すために創り出した幻影だった。確かに最初は邪神を恨んでいた。

「死ぬのは怖かったです。でも今は、そこまで邪神様を恨んでいません。この世界に来ることができて本当に良かったと思っていますから」

「ほう……。それはお前の後ろにおる者たちが関係しておるのか？」

創造神様に言われて後ろを見る。ティナとリファ、ヨウコ、マイ、メイ、メルディ、ルナ、白亜、それからシロが俺を見ていた。

「はい！　俺の自慢の家族です」

「家族ができたのか。では、この世界で生きていくつもりなのだな」

「そのつもりです」

元の世界に戻りたくないわけではないが、あちらの俺の身体は既に火葬され、葬儀とかも終わっているはず。それに俺はティナのそばにいられる今が最高に幸せだった。色々あってティナ以外にも家族が増えてきたが、俺はみんなが大好きだ。みんなとずっと一緒にいたい。この世界で生きていくことは、かなり以前から決めていた。

「しかしハルトよ。お前の家族はその……。少し特殊じゃないか？」

「そうですか？」

「エルフふたりと獣人の娘はまだいい。人族とエルフや獣人が添い遂げることも最近は増えておるからの。本当にティナと一緒になったのには驚いたが」

創造神様は俺が戻ってきて、ティナを好きになると宣言したことを覚えていたようだ。創造神様がヨウコの前に移動する。

「お前は九尾狐だろう。しかも魔力を見る限り完全体になっておる。なぜ暴走しないのだ？」

「我はヨウコと申す。暴走せんのは主様とシロが邪悪な意志を含まぬ魔力をくれたおかげなのじゃ。破壊衝動など微塵もない」

ヨウコは尻尾に魔力を溜める九尾狐という魔族だ。九本の尻尾全てに魔力が溜まって完全体となると暴走し、世界に破滅をもたらす。そういう特性を持つよう邪神によって造られた存在だと創造神様が教えてくださった。九尾狐の討伐のために創造神様が異世界人を勇者や賢者としてこちらの世界に転移させたこともあるという。つまり完全体の九尾狐は魔王と同レベルの災厄扱いなのだ。

「暴走せずに完全体になる九尾狐がおるとはな。今後も儂の世界で暴走せぬよう、よろしく頼むぞ。ちなみにシロというのは？」

「我のことです。創造主」

我が家のペット的存在であり、俺の肩の上をお気に入りのポジションとしている白い子狼のシロはフェンリルという神獣だ。

「フェンリル……。お前、なんで起きておるのだ？」

神の使いである神獣は本来、人間界の各地で眠りについている。そして神からの指令があった時、目覚めて神のために働くのだ。

「ハルトに起こされたのです。それから我はハルトにシロと名付けられましたので、今後はシロとお呼びください」

最初は俺の付けた名前に文句を言っていたが、今は創造神様にそう呼べと言うほど気に入ってくれているようだ。ちょっと嬉しいな。

「そうか。お前に似合った名ではないか。良かったな、シロ」

「はい！　それから……あの、我はもうしばらくハルトの家族でいたいのです」

シロは創造神様に会うことで眠りにつかされるのではないかと心配していた。

「お前がそうしたいのなら好きにするといい」

「感謝します。創造主」

創造神様に許しをもらったことと、名前を呼んでもらえてシロは嬉しそうにしていた。今後もエルノール家にいてくれるようなので俺も嬉しい。

「さて、いつの間にか儂の神獣すら家族に取り込んでおったことも驚いたが……。こちらのお嬢さん方は精霊王ではないのか？　そなたたちもハルトの家族なのか？　それから儂、精霊王が代替わりしたとか聞いてないのだが」

創造神様がマイとメイの存在に驚いていた。

「『私たちもハルト様の家族です』」

「精霊王の代替わりはしていません。なんて言うかその、魔力を渡しすぎたら彼女たちの存在の格が上がってしまったようです」

「人族ひとりの魔力を受け取ったくらいで精霊が精霊王級になれるなど信じられんな……。それがアイツの、呪いの効果か」

アイツとはもちろん邪神のこと。

「はい。邪神様からステータス固定の呪いを貰いましたので、俺には無限の魔力があります」

ずっと確認したかったことを創造神様に聞いてみることにした。

「創造神様がくださった加護の影響で邪神様が呪いの種類を間違えたのだと俺は考えていたのですが……。違いますか？」

守護の勇者として世界を救った時、またこの世界に戻ってくると宣言した俺に創造神様がくださった加護がある。俺はその加護の効果で邪神が呪いをかけ間違えたのではないかと推測していた。

「儂がかつて遥人《はると》に与えた加護は『幸運』だ。神が与える加護としてはありふれたもの。しかしお前の場合、最も重要な場面で最大限の効果を発揮したようだな」

創造神様が言うには、俺にかけられた呪いは創造神様でも解呪できないレベルのものだそうだ。それほどまでに強力な呪いをかけるのに邪神がミスをするとは思えない。ありえないはずのミスを創造神様がくれた加護が引き起こしてくれたみたいだ。そのおかげで俺は今ここにいる。

「お前はただの人族に見えるが……。魂の輝きが儂の世界の者と少し違う。転生者か？」

創造神様が今度はルナのもとへ移動した。

「はい。私もハルトさんと同じ世界からやってきました。ルナといいます」

「ふむ。ルナよ、お前は神語で書かれた文字をも解読したと聞いておる。お前を転生させたのは元の世界の知識を司る神か？」

「そうです。私は女神様に転生していただく際に、言語理解というスキルをいただきました」

そのスキルのおかげでルナが遺跡のダンジョンの石碑に記された文字を読むことができた。

結果として俺は守護の勇者としてこちらの世界に来た時の記憶を取り戻すことができたんだ。

「この世界にも言語理解というスキルはある。しかし神語を読めるほどのものではないのだ。お前たちの世界の神は、よほど力があるようだな」

へぇ、そうなんだ。七十億人以上が様々な言語を使う世界だから、神様が言語に関する力を持ってるってことかな。とにかくルナのスキルがこの世界ではかなり貴重だということが分かった。

「さて、最後に気になるのはお前だ白亜。なぜハルトたちと共におるのだ？　まさかお前までハルトの家族になったとかは言わんよな？」

「私、ハルトのお嫁さんになるの！」

「えっ⁉」

白亜の口から飛び出した言葉に驚いた。遺跡のダンジョンから魔法学園の屋敷に帰った時、白亜は俺たちについてきた。ダンジョンの管理もあるのですぐに帰ると思ったのだが、今日までずっと俺たちと一緒にいた。その間、俺と結婚したいなどと言ったことは一度もなかったはず……。

「ハルトさんのお嫁さんになれば、ティナのご飯がずっと食べれるの。幸せなの！」

あぁ、そういうこと。なんか俺が好きだから結婚したいとかではないらしい。

そういえばうちにはティナのご飯に釣られて俺の屋敷に住むのを決めたヤツらが他にもいた。猫系獣人娘のメルディとシロだ。彼女らは主にティナのカレーに惚れ込んでエルノール家に居候するようになり、そのまま俺の家族になった。メイド《極》というスキルを持ったティナの料理は異種族や神獣すら虜にするのだ。ドラゴンである白亜もティナのご飯の誘惑に勝てなかったらしい。

「救世の英雄にエルフの王族、獣人の王族、災厄級の魔族、精霊王級がふたり、超特殊能力持ちの転生者、上位のドラゴン、そして神獣。儂も長いことこの世界を見てきたが、ここまでの力を持った者たちがひとつの家族になったことは未だかつてない」

集めようと思って集めたわけじゃないんですけどね。なんか自然とこうなったんです。でも創造神様に言われるくらいだから、結構凄いことなんじゃないかと思う。

「これだけの力を集めて……。もしや世界征服でも計画しておるのか？」

「あはは。そんなことしませんよ」

今の生活が幸せだからこれ以上とか望んでいない。でも仮にこの幸せを壊そうとする者がいるなら、俺はそれを全力で排除するだろう。そんなことを思っていたら創造神様が俺に近づいてきた。

「ハルトが守護の勇者であった時、儂の世界を救うために奮闘してくれたことはよく分かっている。だから儂もお前が本気で世界征服を狙っているなどとは思っておらん」

「ティナが暮らす世界を平和にしたかったんです」

彼女が命を脅かされることなく、幸せに暮らせる世界にしたかった。

「ハルトなら平和の維持に尽力してくれそうだ。他種族を差別するようなこともないだろう。だからお前であれば、儂の世界を統治しても良いぞ」

い、良いんですか？　やりませんけどね。

「やはり興味はなさそうだな。それならそれで良い。……あぁ、そうだ。ここまで色んな者たちが集まっておるのだから、もうひとりくらい増えても構わんだろう？」

「……はい？」

創造神様が耳打ちしてきたけど、その言葉の意味は良く分からなかった。

「あの、それって」

「もう少し時が経てば分かる」

　ニコニコしている創造神様はそれ以上何も教えてくださらなかった。

　その後、俺はベスティエにある遺跡のダンジョンの管理を任せてほしいと創造神様に交渉してみた。勇者を育てるために創造神様が創ったものだが、勇者は百年に一度来るか来ないかくらいであるうえに、遺跡のダンジョンはレベル100以下の異世界人がグループにいなければ入ることができない。ほとんど活用されることがなかったんだ。

　それはさすがにもったいないということ。ダンジョンの管理者である白亜が俺の家族になったこと。ダンジョンの管理には大量の魔力が必要となるが、俺ならそれを邪神の呪い《無限の魔力》で補えること。それらの情報をまとめて、俺がいかにダンジョン管理に適しているかを創造神様に力説した。

　俺は空間に魔力で文字を書くことができる。一般人が視認できるくらい高密度な魔力にしておけばいい。文字だけじゃなく直線や四角など図形にすることもできるし、それに色をつけることも可能だ。少し訓練したら見たことある風景や物をそのまま空間に転写できるようにもなった。その要領で俺は資料を全て魔力で作り、空間に投影して創造神様にプレゼンしたんだ。

　俺の要望はあっさり創造神様に許可された。

「ベスティエにあるダンジョンの管理はハルトに任せよう。低レベルの者たちの育成ができるダンジョンにするという提案も素晴らしい。是非やりなさい」

「ありがとうございます！」

創造神様に褒めてもらえた。多くの初級冒険者のレベルが上がれば、ゆくゆくはヒトの強さの平均が上昇する。これは創造神様にとって喜ばしいことのようだ。ヒトが強くなれば平均寿命が延び、祈りを捧げてくれる期間が増える傾向にあるという。

「ところで、この空中に文字や絵を映し出すのはどうやっておるのだ？」

創造神様は俺のプレゼン資料に興味を持ってくださった。

「俺は魔力を操作して文字を空間に書くことができます」

指先に魔力を集めて『こんにちは』という文字を空間に浮かべてみせた。

「普段はこれを利用して魔法陣を描くのですが、今回は応用して絵もつけてみました」

「ふむ、素晴らしい。非常に分かりやすい説明であった」

この世界の情報といえばほとんどが文字で、少し絵がある程度。写真のようなイラストが添付された俺の資料はかなり分かりやすかったはずだ。情報リテラシーの授業を真面目に受けて良かった。まさか異世界にきてから活用できる日がくるとは思ってなかったけど。

なんにせよ俺たちは創造神様からダンジョン運営の許可をいただくことができた。

――＊＊＊――

「ハルト様！」

「こんにちは。えっと、シンさん？」

　創造神様にお会いした翌日、聖都の大通りを散策していたら声をかけられた。

「そうっす。覚えててくれて嬉しいっす」

　声をかけてきたのは昨日、セイラと一緒にいたシンという聖騎士だった。俺のことを捜していたらしい。大通りには多くの人が歩いていたので、その中からよく俺を見つけられたものだと思った。

　少し気になったので魔視でシンを見てみると、目の付近に魔力が集中しているのが分かった。おそらく彼も魔視、もしくはそれに準じた能力を持っていて、魔力を頼りに俺を捜したのではないかと思われる。

「今、お時間いいっすか？」

「大丈夫ですよ」

　俺は今日、ティナたちと別行動をしていた。聖都サンクタムに来た目的であるダンジョン管理に関する交渉は無事に終わったので、みんなは聖都の観光に行った。

　創造神様との交渉が終わったら俺もみんなと一緒に観光するつもりだったのだけど、この聖都に来てからいくつか気になることがあり、さらにやらなくてはいけないことができたので今日は単独行動させてもらうことにしたんだ。

　俺がみんなを誘って連れてきた旅行なのに、俺だけ別行動してほんとにごめん……。後で何か埋め合わせをしなくては。

シンに連れられて聖都の防護壁の上までやってきた。ここには一般人が来ることができない。人が往来する道からも距離があるので会話が聞かれる心配がないという。こんな所に連れてくるくらいだ。何か秘密の案件なのだろう。

「お話ってなんでしょうか？」

「実は今日の夕方から聖女様が聖都外へお出かけになるんすけど、なんか色々と怪しくて」

「帰ってきたばかりですよね。聖女様って、こんなに頻繁に外出するものなんですか？」

「今回の外出は以前から予定されてたものなので、それ自体はおかしくはないんすけど――」

シンが気になっているのは聖都の最重要人物であるセイラが外出するというのに護衛がひとりしかつかないということだ。もっともその護衛というのは聖騎士団長のエルミアなので戦力として不足はないらしい。

しかし通常、セイラの外出時には最低五人の聖騎士が護衛につく。それなのに今回の外出には聖騎士の同行が認められなかった。

聖騎士に指令を出すのはセイラではなく神官たちだ。この聖都を統治しているのはイフェル公爵だが、大神殿の管理や神事にまつわることに関しては五人の神官が全てを取り仕切っている。聖騎士は神に仕える聖女を守る役職であるため、神官の管理下に置かれていた。その神官たちがセイラの護衛としてエルミア以外の同行を認めなかったらしい。

「今回、聖女様が外出なさるのは聖女候補の洗礼のためっす」

聖都から少し離れた山に歴代の聖女候補が聖女になる前に身を清めてきた泉があった。セイラは次代の聖女候補と共にその泉に向かうのだという。

「神官が言うには、洗礼時は男の聖騎士が同行しないのが慣例だっていうっす。でも前回洗礼が行われたのは二百年も前なんで、本当かどうかなんて分かんないっす。それに今はもう聖女様と面会できなくなってるんで確認もできないっす」

当代の女性聖騎士はエルミアだけ。聖騎士見習いに何人か女性はいるが、彼女たちの同行も認められなかったと教えてくれた。

「洗礼の泉がある山は聖域なんで、俺たちが入れないのは分かるっす。でも道中の護衛くらいはすべきだと思うっす。だって昨日、魔人に襲われたんすよ?」

シンの言う通りだと思う。魔人が二体も現れて聖女を狙ったんだ。山には入れないとしても、途中までは聖騎士たちを護衛として連れていくべきだ。神官たちが本気で言っているとしたら魔人が現れたことに対する危機感が低いか、エルミアの力をよほど信じているか。

もしくは――

「確かに少しおかしいですね。ちなみにその眼で見て、神官の方たちにおかしな所はなかったのですか？」

「はい。見たところ魔力の流れとかに気になる所はなかった――って、えっ!?　わ、分かるんすか？　俺が魔眼持ちだって」

シンは魔眼を持っているようだ。魔眼については古文書で読んだことがあるから少しだけ知っていた。かなりレアなスキルの一種だ。

「魔眼を持っているとまでは分かりませんでしたが、眼に関するなんらかの能力はあると思っていました。その力で俺を捜したのでしょう？」

「おぉ、さすがっす！　やっぱりハルト様を頼って間違いなかったっす。俺、ハルト様にお願いがあるっす」

「聖女様の護衛、ですか？」

「話が早いっすね。神官はもちろん、できれば聖女様たちにもバレずに護衛してほしいっす。これは俺の勘なんすけど……。ハルト様ならそーゆーのもできちゃいますよね？」

聖女であり魔法の扱いに長けたセイラや、戦闘センスの高そうなエルミアにバレずに護衛なんて――うん、できちゃう。

実はセイラがまた魔人に襲われる可能性を考え、彼女の身体に転移用の魔法陣をこっそり張り付けていた。通常時は極限まで魔力消費を抑えてセイラの魔力に溶け込んでいるので、張り付けられた本人であってもその魔法陣に気付けない。セイラが助けを求めた時、魔法陣が自動的に発動して俺を召喚する。つまり俺がセイラの護衛としてすぐ側にいるようなものだ。

ちなみに俺がトイレやお風呂に入っている時は、俺ではなく炎の騎士が召喚されるようにしてある。そうじゃなきゃ、おしり丸出しでセイラの目の前に召喚されてしまうから。ちゃんとその辺も考えてある。というわけで護衛の件は問題なかった。

「バレずに護衛ですか。ええ、なんとかなると思います」

セイラたちを尾行するわけじゃないのでバレる可能性は低い。少なくとも俺が張り付けた魔法陣がまだ残っているので、まだバレていないのは確かだった。

「あ、ありがとうございます！」

「ところで、なんで昨日会ったばかりの俺に護衛を頼もうと思ったのですか？」

「魔人をあっさり倒すハルト様なら何があっても聖女様を守ってくださると思えたっす。それに魔眼で見たハルト様の魔力がとても綺麗で、この御方にならセイラ様をお任せできると」

シンがまっすぐ俺を見てくる。なるほど。だいぶ俺に期待してくれてるみたい。セイラが聖女としてずっと頑張って来たということも知ってる。その役目から解放されるまであと少しなんだ。無事に彼女が一般人になれるよう、セイラのことも守ってあげたいと思う。

「分かりました。聖女様の護衛の件、俺にお任せください」

既に開始されているが……。

改めて『聖女様こっそり護衛』任務の開始だ！

04
悪魔の目的

LEVEL 1 NO SAIKYO KENJYA

「うぅっ」

激しい頭痛と倦怠感、両肩の痛みで女騎士エルミアは目を覚ました。

「な、なんだこれ」

エルミアは立っていた――否、立たされていた。天井から鎖が吊り上げられていて、その鎖で彼女の両手は固定されている。両足も床に固定された鎖と拘束具につながれていて、ほとんど身動きが取れない。彼女の両手を拘束する天井から伸びた鎖はエルミアが背伸びをしてギリギリ届く長さで、つま先立ちをしないと両肩に全体重がかかってしまう。

「ぐっ」

どれほどの時間か分からないが意識を失っている間、自身の体重を肩だけで支えていたため彼女の両肩は脱臼していた。激しい痛みが彼女を襲う。足の指先に力を入れ、なんとか肩への負荷を減らした。自分自身にヒールを使おうとしたが、拘束具に魔力を封じる力があるようで魔法の発動どころか魔力を放出することすらできない。

「なんだ……。ど、どこだ、ここは？」

エルミアは厳しい訓練を耐え抜いた聖騎士だ。さらに聖騎士団の団長の座に上り詰めたほどの実力者。彼女は己の身体を完璧にコントロールして、つま先立ちという本来不安定になるはずの体勢でもその身を完全に静止してみせた。おかげで肩の痛みはだいぶ楽になった。脱臼しているので完全に痛みがなくなったわけではないが、戦闘訓練などで肩が脱臼することは何度も経験している。痛いが我慢することはできる。

「はっ！　セ、セイラ様は!?」

痛みを抑えた彼女の意識は自分の身に起きていることより、自分が護るべき存在へと向けられていた。聖騎士は己を犠牲にしてでも聖女を護るのが使命だ。聖女を護ることが最優先。

エルミアは自分の手足が辛うじて見えるほどの暗い場所にいた。周りを見渡すが、なぜか遠くに焦点が合わず見ることができない。目を覚まして意識はハッキリとしているが、視覚や聴覚といった感覚が思うように働かない。

毒でも盛られたのだろうか？　だとしたらいったいいつ、どうやって？

エルミアは目を覚ます前の最後の記憶を思い出そうとした。

「たしか私とセイラ様は、イーシャと一緒に神官のもとへ挨拶を」

エルミアはセイラと聖女候補のイーシャという娘と共に、聖都サンクタムから少し離れた場所にある聖域に行く予定だった。

イーシャはここ数年で最も優れた聖女候補だった。その彼女が聖女になるには現役聖女のセイラが聖域にある泉で洗礼を行う必要があった。

洗礼が終わり、イーシャが十六歳になる誕生日に創造神様が聖女の代替りを許してくだされば晴れて新たな聖女の誕生となる。聖域に向かうことを神官に報告しに行ったのがエルミアの最後の記憶だった。

「まさかあの時、神官が出した聖酒に毒が？」

聖域に向かうセイラたちを祝福すると言って神官が出した聖酒。それを促されるまま三人で同時に飲んだ後の記憶がエルミアにはなかった。

しかしエルミアたちが報告に行ったのは五十年もの間、聖都とセイラに尽くしてきた神官だ。彼がセイラを裏切るなど、エルミアには考えられなかった。

状況を整理しようとしているうちに視覚が正常に戻りつつあった。暗いが、なんとか自分の周りの様子が確認できた。

「あっ！　セ、セイラ様!!」

腰の高さくらいの石の台に寝かされている聖女の姿があった。目立った外傷などは見られない。セイラの両手と両足には木製の拘束具が取り付けられている。

「セイラ様！　ご無事ですか!?　起きてください、セイラ様!!」

何度も呼びかけるがセイラは一向に目を覚まさない。そのセイラが横たわる台の横にも同じような石の台があって、そちらには聖女候補のイーシャがいた。彼女もセイラと同じように手足を拘束されている。

「大丈夫かイーシャ!?　起きろ、起きてくれ！」

何度呼びかけてもふたりは目を開けなかった。しかし胸は上下に動いているので呼吸はしていた。ふたりとも生きている。

セイラの身が無事でエルミアはほっとした。彼女は状況を把握するために周りを見渡す。

ここは五メートル四方の窓のない石の部屋だった。部屋の端にエルミアの聖鎧が雑に投げ捨てられている。エルミアの正面に扉があり、その隙間から僅かに漏れた光で、部屋の中の様子をなんとか見ることができていた。突然、扉が開く。

「うるさいぞ。もう起きやがったか」

暗闇で必死に目を凝らしていたため、入ってきた男が持つ松明の光で目が眩む。それでも声で、そいつが何者か把握できた。

「イフェル公爵？　貴方、ご自身が何をされているか分かっているのですか⁉」

エルミアの前に現れたのはこの聖都の統治者であるイフェル公爵だった。

「もちろん分かってやっている。聖女を監禁しているのだ」

そう言って公爵がセイラの身体に手を伸ばす。

「やめろ！」

公爵は手を引いた。エルミアの言葉に従ったわけではなく、セイラに触れようとした瞬間、その手が何かに弾かれたのだ。

「チッ、忌々しい結界だ」

聖女は常に聖結界に護られている。イフェル公爵の手はそれに弾かれたのだ。でもそれはおかしい。聖結界はヒトには反応しないのだ。たとえそれがどんな悪人であったとしても。

「公爵、貴方はまさか――」

セイラを覆う聖結界に弾かれた際に、イフェル公爵の身体の一部が変化していた。聖結界に触れた右手側の人化が解け、右の側頭部から角が生えて右目は真っ黒に染まっている。

彼はヒトではなかったのだ。

「あぁ、人化が解けたか。……まぁ、ついでだ。自己紹介しておこう。我が名はグシオン。邪神様にお仕えする悪魔である」

「ど、どうなっている？　なぜ悪魔がこの聖都にいられるんだ？　ほ、本物のイフェル公爵をどこにやった!?」

　エルミアは魔法の使用はできなかったが、自身の周りを満たす聖なる結界の存在は感じることができた。聖都サンクタムで生まれて二十年以上、ずっと身近に感じていた聖都を覆う聖結界の魔力がある。つまり彼女が囚われているここは、聖都の内部だということ。聖結界内部に魔人より上位の存在である悪魔がいたのだ。彼女は目の前のこの状況を信じられなかった。

「ほう。ここが聖都内部だということには気付いたのか。褒美に貴様の質問に答えてやろう。まず公爵の件だが、私が本物のイフェルだ」

「な、何？」

　そんなことあっていいわけがない。ここは創造神の御膝元――聖都サンクタムだ。この世界で最も悪魔と縁遠い場所なのだ。そこの統治者であるイフェル公爵が悪魔だったなどと信じられるわけがない。

「千年だ」

「……は？」

「聖都に入り込み、この座につくまで千年かかった。悪魔である私にとって、千年など大した時間ではないが、かなり苦労した」

千年前、邪神から聖都を堕とせと指示を受けたグシオンは悩んだ。配下の魔人をいくら差し向けても、聖都の聖結界はその魔人たちの侵入を許しはしなかったからだ。

そこで彼はまず、聖結界の維持を担う聖女を手中に収めることにした。聖女を捕らえて洗脳し、結界の維持をさせなければ聖都など簡単に陥落させられると考えた。

聖女が聖都から出たタイミングで配下の魔人に何度か襲わせたが、創造神の加護を一身に受ける聖女は、毎回なんらかの幸運でその難を逃れていた。

ある時は突然勇者が現れて魔人を倒した。ある時はどこからか飛んできた光の槍に貫かれ、聖女を襲っていた魔人が消滅した。またある時は突然聖女が聖都に転移して、その身体に触れていた魔人も聖結界内部に連れ込まれ一瞬で浄化された。

たまたま運が良かったなど思えない。創造神が常に聖女を見守っていて、グシオン配下の魔人を排除しているのではないかと思えるほど、彼の計画は遅々として進まなかった。

グシオンは聖女を直接狙うことを諦めた。もっと時間と手間をかけて、搦め手で聖都を堕とす計画を立てた。その計画とは、グシオン自らが聖都内部に入り込むというものだった。

彼は人族の女を犯し、子を孕ませるとその子に己自身を転生させた。そして身体が成長すると、同じように人族の女を犯してその子供に転生した。それを五百年繰り返した。

人族への転生を繰り返すうちに、彼の肉体や魂からは次第に魔の因子が薄れていった。魔の因子がいくら薄れようとも、彼は邪神の配下であり続けた。常に聖都を堕とそうと考え続けていたのだ。

そしてついに彼は聖結界に弾かれない肉体を手に入れた。しかしグシオンはそこで満足しなかった。彼の計画を進めるためには聖都に入るだけでは意味がない。聖都に入り込んだ悪魔は同じように転生を繰り返した。今度は女の身体で生まれ、その身体が成長すると身分の高い家の男に取り入った。悪魔として長く生きてきたグシオンにとって魔力操作は呼吸ほど容易く、ヒトの身になっても自身の容姿を弄ることは可能だった。

そうして少しずつ身分の高い家に入り込んでいき、五十年ほど前、ついにこのサンクタムを統治するイフェル公爵家の当主の妻になった。当主との間に男の子を成すと、これまでと同じようにその子に転生した。それが今のイフェル公爵だ。彼は生まれながらにして悪魔グシオンであった。

「馬鹿な、そんなこと」

「できるわけない——か？　だが私は実際にここにいる」

グシオンは確かに聖都内部に存在した。魔力操作の技術や魔力量は悪魔のままに、聖結界から拒絶されない肉体と魂、そしてサンクタムの統治者という地位を手に入れていたのだ。聖結界に弾かれないので創造神すらグシオンの存在に気付くことができない。

「明日、私の計画がついに完成する」

「明日？　ま、まさか⁉」

エルミアはグシオンの言った言葉の意味を理解した。セイラが聖女候補として相応しいと判断したのはイーシャだけだが、今週十六歳の誕生日を迎える聖女候補はもうひとりいた。それがイフェル公爵の娘だ。

その娘は明日、十六歳の誕生日を迎える。彼女は聖女になる上で必要な能力は全て兼ね備えていた――いや、能力だけで言えばイーシャを上回っていた。しかし創造神への忠誠心という点で他のどの聖女候補たちより劣っていたため、セイラはイフェル公爵の娘を洗礼しようとはしなかった。

創造神への忠誠心がなくて当然だ。悪魔であるグシオンの魂が半分入り込んでいたのだから。グシオンは己の半身でもある娘を新たな聖女の座につけようとしている。それが意味するのは。

「聖都は明日、壊滅する」

「なっ!?」

「聖結界が解除されたここに十の魔人、そして千の魔物が押し寄せるのだ。防ぐ術などない」

サンクタムは魔人すら拒む聖結界によって守護されているので、防衛戦力はそこまで多くはない。聖都には新人や退任間近の者も含めれば百人ほどの聖騎士がいるのだが……。十人の聖騎士で魔人一体を足止めできるかどうか。それほど魔人という存在は脅威であった。

絶望と恐怖でエルミアの顔が引き攣る。それを見てグシオンは笑った。

「素晴らしい。実に良い顔だ。千年も耐えてきた甲斐があった。明日はこのサンクタムにいる全ての者たちが皆、そんな表情をしてくれるのだろう。きっと邪神様もお喜びになるだろう」

グシオンはそう言ってエルミアに背を向け、扉から外に出た。彼と入れ替わるように目が虚ろな神官がふたり入ってきた。

いくら魔の因子が薄れても、グシオンは聖女に触れられなかった。この聖都を覆う聖結界より、聖女を護る結界のほうが高度なものであった。聖都に入ることができても、悪魔であるグシオンは聖女に触れられなかった。そこで彼は神官を洗脳してセイラを誘拐させたのだ。

聖都の神事を取り纏める五人の神官は全員がグシオンに洗脳されていた。ふたりの神官がそれぞれセイラとイーシャを抱き上げ、部屋から出ていこうとする。

「待て！　セイラ様をどうするつもりだ!?」

「まだ殺しはしない。コイツを殺しても創造神に俺の存在がバレるだけだからな」

聖女を殺したところで聖結界がすぐに解除されるわけではない。グシオンは過去に一度だけ聖女の暗殺に成功したことがある。しかしその時も次の聖女が決まるまでの数日間、聖結界が消えることはなかった。聖女が突然死んだ場合、大神殿のクリスタルに貯められている魔力が自動で消費され、次の聖女が決まるまで聖結界を維持するようになっているのだ。

更に聖結界を発動しているクリスタルは強力な力で護られており、グシオンが悪魔本来の力を出したとしても破壊は不可能であると思われた。だから彼は自分の娘を聖女にして聖結界を解除させるという非常に面倒な手段を取らざるを得なかった。

グシオンがイフェル公爵としてこの聖都の統治者になったのも、己の半身を聖女候補に潜り込ませるために都合がよかったからだ。

「聖女は洗脳して私の娘の洗礼をしてもらう。こちらの聖女候補の娘には足りない聖力を補うための生贄になってもらう。私は聖域に行けないからな」

どうやらグシオンは聖域には行かず、この聖都内で洗礼を行うつもりのようだ。聖域での洗礼はヒトが勝手に始めた儀式であり、現役の聖女と十六歳になる純潔の乙女さえいれば、交代のための洗礼はどこでもできるということをグシオンは知っていた。

「や、やめろ！」

セイラとイーシャを連れていこうとする神官たちを止めるためにエルミアが拘束を強引に破壊しようとするが、彼女の手足に付けられた魔鋼鉄製の拘束具はビクともしない。

「大人しくしておけ。そうすれば殺しはしない。今はまだ、な」

グシオンの顔がニタリといやらしく歪む。

「毎回毎回、俺の配下を殺しやがって……。貴様はこの手で最大の絶望と恐怖を与えながら殺してやる」

グシオンから放たれた殺気が、聖鎧を剥ぎ取られ魔力の放出もできない無防備なエルミアに突き刺さった。身体が震えて足に力が入らず、全体重が脱臼している両肩にかかって痛みが走る。恐怖と痛みで顔を歪めるエルミアをグシオンは笑って見ていた。

「貴様を殺るのは聖都を堕とした後の楽しみにしておこう。用済みになった聖女と共にたっぷり遊んでやる」

そう言い残し、悪魔は部屋から出ていった。

悪魔の計略は順調そうに思えた。何せ千年かけてここまできたのだ。

邪神にとって目障りな聖都を陥落させ、魔人を倒せる戦力である聖女も殺す。さらに聖都を魔物に襲わせることで、住人の恐怖や絶望といった負のエネルギーを邪神に捧げることができる。聖結界に護られていると油断している人々が、結界が消えたと気付いた時の様子を想像してグシオンは笑みを浮かべた。

ただ彼にはひとつ計画を進めるうえで気になることがあった。一昨日、ダメ元で聖女を襲わせた配下の魔人二体が倒されたのだ。当初はいつものように創造神の加護のせいだと考えたが……。どうやら今回は少し違うらしい。

魔人を倒したヤツらが今、この聖都に滞在している。配下の魔人が倒されたということは魂の繋がりから感じ取れた。そして倒した者が何者なのかは本人から聞いた。

「あの賢者、ハルトとかいったか……。アイツだけは私が相手せねばならんかもしれんな」

少なくない犠牲を払いながらここまできたのだ。今更計画を先延ばしにする気はない。己の半身を聖女にできるタイミングは今しかないのだ。

彼の配下の魔人が残り十体になったとはいえ、ひとつの都市を蹂躙するのにそれだけの魔人がいれば戦力として十分すぎる。問題の賢者は魔人を倒すほど強いが、所詮ただの人族だ。悪魔である己が相手をすれば問題ない――グシオンはそう考えていた。

悪魔の計画は完璧だった。事実、創造神すら今日までグシオンの存在に気づいていなかったのだから。もしかしたら聖都は悪魔の手に落ちていたかもしれない。

邪神の呪いを受けた賢者とその家族が、たまたま聖都を訪れていなければ。

――＊＊＊――

シンにセイラの護衛を依頼された後、俺は聖都のあちこちを歩き回って色々調査していた。やはり所々に邪神の気配を感じる。気配はあるが、その場所に邪神にまつわるアイテムなどがあるわけではなかった。やっぱり悪魔とかがいるのか？

俺もヨウコや白亜を聖結界で覆って聖都に入れることができたので、悪魔や魔人が同じようなことをしている可能性があった。

念のため邪神の気配を感じた部分には全て転移用の魔法陣を張り付けておく。こうしておけば悪魔が姿を現した時に俺もすぐその場所に転移することができる。

聖都中を歩き回って、およそ三百箇所に転移のマーキングを施した。ついでに聖都の地図を購入してマーキングした位置を地図上に書き込んでみた。そして気付いた。邪神の気配を感じた場所を線で繋ぐと、巨大な魔法陣の形になっているということを。

あぁ、これ！　元の世界のアニメで見たことあるやつだ。

ひとつの都市をまるごと生贄に捧げて、とあるレアアイテムを創り出そうとしたアレだ。聖都に書かれている魔法陣の仕組みを解析してみると、どうやら発動するためのエネルギーは聖都の住人の魔力や魂ではないらしいので少しホッとした。この魔法陣は中心部にエネルギーを注ぎ込むと、魔法陣の範囲内にある全てのものを破壊するというものだった。

これほどの魔法陣を発動するには魔人数体分の魔力が必要になるだろう。この聖都でそれだけの魔力を持っていそうな人物はふたりしかいない。聖女であるセイラと、聖都の統治者イフェル公爵だ。

イフェル公爵は戦闘職が上級魔導師だと聞いていたので、内包する魔力が多少多くても『そんなもんかな』くらいにしか思わなかった。でもあのセイラがこんな魔法陣を描くわけがないので、消去法でイフェル公爵が一番怪しい人物ってことになる。

ちょっとご挨拶にいこうかな。もちろん『お前、悪魔だろ！』などと言いに行くわけじゃない。俺は貴族出身だし、獣人の王国《ベスティエ》の所有者《オーナー》だ。聖都の統治者に対して挨拶はしておくべきだろう。そのついでにもう少し詳しくイフェル公爵の魔力を探ってみるつもりだった。

聖都中を歩き回ったので既に日が落ちていた。イフェル公爵の所に行くのは明日以降にしよう。いきなり行っても会ってくれないかもしれないので、まずはセイラに取り次いでもらおうとも考えていた。セイラは何かあれば頼れと言ってくれたので、早速お願いしてみることにしよう。忙しそうだけど、時間とってくれるかな？　とりあえず明日、セイラに会いに行く。

そんなことを考えながら、俺は聖都に描かれた魔法陣を弄っていった。邪神の気配がする部分にあった魔の因子の波長を真似て、いくつかの点を増やした。聖都を破壊するための魔法を発動させる重要な部分の点は全て消滅させておいた。これで破壊系の魔法は発動しない。まずは一安心だ。

魔法陣を発動させようとしたのが人間であれば発動しないだけなのだが、それが悪魔や魔人であればソイツは後悔することになる――そんな効果を追加しておいた。やるべきことを完了させたので、俺は家族が待つ宿に帰ることにした。

――＊＊＊――


「ただいまー」

「おかえりなさい、ハルト様」

昨日から滞在している宿に戻ると、ティナが出迎えてくれた。彼女の魔力検知範囲はとても広い。俺の魔力が宿に向かっていることを感じとって、入口で待っていてくれたみたい。

「あれ、みんなは？」

部屋は大部屋で、昨日はみんなで一緒に寝た。修学旅行みたいで楽しかった。でも今はティナしかいないようだ。

「リファさんたちはまだ戻ってきていません。私はハルト様がそろそろお帰りになるかと思い、先に戻ってきました」

「そうなんだ。ありがと」

「いえ。ところで夕飯はお召し上がりになりましたか？」

「まだだけど、汗かいちゃったから先にお風呂に入りたいな」

「そう言われると思いまして、貸切の大浴場を予約してあります。そちらで是非ごゆっくりしてください」

「おぉ、ありがと」

俺は昔から戦闘訓練などをした後は直ぐにお風呂に入るのが習慣だった。俺の実家であるシルバレイ伯爵家のお風呂がかなり豪華で、入浴の時間が好きだったというのも理由のひとつ。それから一番大きな理由はティナだ。隙を見てティナが抱きついてくるので、彼女に汗臭いって思われたくなかったから。

この世界には『クリーン』という身体の汚れや臭いを取り除く魔法がある。ダンジョンに潜ったりすると数日から数週間は風呂に入れない冒険者たちにとって習得必須の魔法だ。初級魔法なので、もちろん俺もそれを使える。ただし身体の汚れは綺麗になっても服に染み付いた汗までは取れないので、着替えるためにもお風呂に入りたかった。

早く着替えてティナとイチャイチャしたい。リファたちが帰ってこないなら、今はティナとふたりっきりでイチャつくチャンスなのだ。とここで、あることを思いつく。

「ティナも一緒にお風呂入らない？」

「良いのですか？」

「もちろん！」

ティナは耳を赤く染めながらも、俺と一緒にお風呂に入りたいと言ってくれた。

「では、私は少し用意してからいきます」

「分かった。先に入ってるね」

俺がお風呂に行くためのタオルや着替えなどの用意をティナがしてくれていたので、俺はそれを受け取って一足先に大浴場へ向かった。

大浴場について、まず浴場内の壁に沿うように認識阻害の結界を展開する。高級宿なので覗きとかはされないと思うけど、念のため。ティナの身体を誰かに見られるのは絶対に嫌だから。ちなみに彼女と出かける時はいつもこうしている。この世界にはオープンな造りになっていて、外から覗くことができてしまう浴場が数多くある。

身体を洗って浴槽に入った。この宿の大浴場、ものすごく広い。イフルス魔法学園にある俺の屋敷のお風呂もなかなか広いが、ここはその倍くらいの広さがある。俺の家族八人と一匹が全員で入っても余裕があった。よくこんな大浴場を貸し切りにできたな。そんなことを思いつつティナを待つ。

ティナ、まだかな？

ワクワクしながら待っていると、脱衣所のほうが騒がしくなった。

「主様とふたりで入浴なんてずるいのじゃ」

「「そーですよ」」

「そ、それはみなさんが戻ってこないから」

「でもティナ様は私たちが戻ってきた時、おひとりで出ていこうとしていましたよね？」

「ハルトとふたりで入る気だったにゃ」

「うっ。そ、それは」

「あの……。私はまだハルトさんとお風呂は早いかなー、なんて」

「そんなこと言ってないでルナもさっさと脱ぐにゃ！」

「きゃあ！　メ、メルディさん!?」

「おぉ。ルナのお肌、すっごく綺麗なの」

なんか聞き覚えのある声がする。

これってあの、もしかして……。

「主《あるじ》さまぁ！　お待たせしたのじゃ!!」

勢いよく扉を開けてヨウコが大浴場に入ってきた。彼女は全裸だったが、自分の身体を一切隠そうとしない。妖艶な身体であまりにも堂々とされると、見惚れてしまうがあまり興奮はしないな。やっぱり、恥じらいって大事だよね。

「「失礼しまーす」」

「ふふっ。私もきちゃいました」

「ごめんなさいハルト様。みなさんにバレちゃいました」

マイとメイ、リファの後に続いて、申し訳なさそうな表情のティナが入ってきた。この四人は一応タオルで前を隠しているがガードが甘く、歩く時に大事な部分が見え隠れしていた。

チラリズムって最高ですね。

どうやらティナがお風呂に入る準備をしていたところにリファたちが帰ってきて、俺と一緒に入るつもりだというのがバレたらしい。それでみんながついてきてしまったようだ。

「早く入ろーにゃ」

「メ、メルディさん。やっぱり私、無理です」

「ルナ、諦めるの。はい、ドーン！」

「きゃあ!?」

メルディに手を引かれても入ってくるのを拒んでいたルナの背中を白亜が押した。手加減していてもドラゴンの一撃だ。体重の軽いルナが吹き飛ばされ、俺に向かって飛んでくる。

飛んでくるルナの勢いを風魔法で緩め、立ち上がってルナを受け止めた。

「白亜！　危ないだろ!!」

「ご、ごめんなさいなの」

「ちゃんとルナにも謝りなさい」

「ルナ、ごめんなの」

「は、はい……。私は、大丈夫、です」

ルナの声がすごく小さかった。あれだけの勢いで吹き飛ばされたのだ。背中とかを痛めたのではないかと心配になり、お姫様抱っこしているルナを見る。彼女は手で胸と股間部分を必死に隠し、顔を真っ赤にしていた。どこか痛い場所があるわけでは無さそうだ。

ルナって着痩せするタイプだったのか……。

リファほど大きくはないが、柔らかそうなふたつの膨らみが彼女の手の横から見えていた。

「ハルト。ルナが恥ずかしがっちゃうからウチが預かるにゃ」

そう言ってメルディが俺からルナを受け取っていった。もちろんメルディも全裸だ。ルナを抱っこする彼女が胸や下を隠せるわけがない。少し日に焼けて健康そうな肌色のメルディは、そこまで大きくはないが、ハリがあって形の良い胸とお尻をしていた。

みんなが身体を洗いに行ったので、俺は再び湯船に浸かる。そういえばルナの裸を見たのは初めてだった。しかも全裸のルナを全裸の俺が抱っこしてしまった。咄嗟のことだったのであまり覚えてないけど、ルナの身体はすっごく柔らかかった気がする。

「失礼しまーす」

「我は主様の右手側！　早い者勝ちじゃ」

「あっ、ヨウコさんズルい！」

身体を洗い終えたティナとヨウコ、リファがお湯に入ってきた。ティナが俺の左手にくっついてくる。ヨウコは右手に。出遅れたリファは俺の背中にピタッと密着してきた。

「私たちも、いいですか？」

「空いてる所にくっつけばいいのじゃ」

「おい、なんでお前が」

マイとメイも湯船に入ってきた。ヨウコが勝手に許可を出してしまったので、マイが俺の右斜め後ろに。メイは俺の左斜め後ろにくっついた。五人の美少女、美女に囲まれる。左右の腕や背中などに柔らかいものが押し付けられる。

や、柔けぇ……。気持ちいい。

「は、入りますね」

「ウチも入るにゃー」

「あっ。ちょっと熱いの」

残りの三人も入ってきた。お湯が少し白濁していたので、入ってしまったほうが恥ずかしくないとルナは考えたようだ。俺たちから少し離れたところで、ルナは肩までお湯に浸かっていた。浴槽はかなり大きいのでルナのように俺にくっつかず、伸び伸びと入るのが正解なのだと思う。美女たちがくっついてくるのが嬉しくないわけではないのだけど。

「ルナ、せっかくだからみんなでくっつくにゃ」

「そーなのー！」

「いや、わ、私は……」

メルディと白亜がルナを強引に俺のほうへと押しやる。コイツら、さっきのこと反省してないな？　再び白亜とメルディに注意しようとしたら、ルナが自ら進んで俺のほうにやってきた。

「ハルトさんは、嫌じゃないですか？」

「くっつかれるのが？　嫌ではないよ」

むしろ最高です。

「そうですか。では――」

ルナが正面から抱きついてきた。彼女の手が俺の首に回される。

えっ。な、なんで、いきなり!?

急に大胆になったルナの行動に驚く。

「あっ、それはズルいにゃ」

「私もくっつくのー」

「ルナさん。後で代わってくださいね」

「「私たちも正面行きたいです！」」

メルディと白亜がルナと同じように抱きついてきた。リファとマイ、メイとの密着度も上がった。やべぇ……。これはヤバいよ。魔力でコントロールしている俺のハルトが暴走しそうだった。

「ハルトさん」

すこし俺の身体から離れたルナがトロンとした表情で俺を見つめてくる。キスをねだられているようだ。

「あっ、ダメですよ。最初は私です！」

ティナに腕を引かれ、ルナから引き離された。

「じゃあ、二番手はハルトさんと結婚している私ですね」

「その次は我じゃの」

なんかみんなとキスする流れになっていた。

「あっ、あの！」

「ん？　なんじゃ？」

「ハルトさんと仲良くなったのは、クラスの中では私が一番早いです！」

自分の意見を言うことが少ないルナが珍しくヨウコに抗議した。

「ほう……。主様、それは本当かの？」

「うん。みんなと知り合うより前に、俺はルナと友達になった」

ティナとリファ以外の家族に関してはまだ正式に結婚したわけじゃないから、仲良くなった順でキスするなら三番目はルナだ。

「むぅ。では我は四番目なのじゃ」

「私が五番で」

「私が六番ですね」

マイが五番目、メイが六番目になった。

「ウチ、ななばーん！」

「私は八番なの！」

サラッと言うが俺は白亜とキスしたことはない。コイツ、分かって言ってるのかな？

白亜は五歳くらいの少女の格好をしているが、実態は百年以上生きているドラゴンだ。なので問題はないはず。……ない、よな？

「順番も決まりましたし、まずは私から」

ティナが髪を耳にかきあげて目を閉じ、その瑞々しそうな唇を軽く突き出してくる。こんな至近距離でみんなに見られながらキスするのは恥ずかしいけど――やるしかないよね？　やっちゃっても良いよね。いつも以上にドキドキしながら、ティナにキスしようとした。

「――っ!?」

急に身体がどこかに引っ張られる感覚があった。俺がセイラにこっそり張り付けた魔法陣が俺を召喚しようとしている。つまりセイラがピンチってことだ！

「みんな、ごめん！　セイラが危ない!!」

「えっ？」

セイラは今、聖都の外に出かけているはずだ。そこで何かあったのかもしれない。少なくともセイラが助けを求めているのは確かだった。

急いでお湯から上がり、脱衣所へと向かう。俺が直ぐに召喚に応じなかったので、代わりに炎の騎士が召喚されて時間稼ぎをしてくれているはず。聖騎士団長のエルミアがついていてもセイラが助けを求めるほどの状況に陥っているはずなので油断はできない。急いで服を着て、俺はセイラのもとに転移した。

――＊＊＊――

「――っ！」

あ、頭が痛い。……あれ？　なんで私、床で寝ているんですか？　えっ。か、身体が、動かない!? 自分の身体を見ると、手足が拘束されていました。

「な、なんで!?」

「やっと起きたか」

後ろから声をかけられて驚きました。

「イフェル公爵? こ、これはどういうことですか!?」

この聖都の統治者であるイフェル公爵が、後ろに手を組みながら歩いてきたのです。

「この姿では状況が分からんよな?」

そう言った途端、イフェル公爵の姿が変化しました。それはまるで、この世の悪意を集めて無理やりヒトの形に詰め込んだかのような姿でした。私はこの存在を知っています。

「……悪魔」

「さすが聖女だな。俺は邪神様配下の悪魔が一柱、序列十一位のグシオンだ」

さ、最悪です。この世に悪魔は無数にいますが、その中でも七十七柱の邪神直下の悪魔たちは強大な力を持ち、数多の魔人を従えます。そして序列十一位と言えば、かなり高位の悪魔です。そんな悪魔が、なんで私の前に?

「――えっ。イ、イーシャ!?」

悪魔の後ろの壁に大きな十字架が設置されていて、そこに私から聖女を引き継ぐ予定の女の子、イーシャが磔《はりつけ》にされていました。彼女が磔にされている十字架は私が見たことのあるものでした。毎日見ているので見間違えるはずがありません。そう、大神殿にある十字架です。ここは大神殿でした。窓から陽の光が見えないので夜なのでしょう。創造神様のお膝元である大神殿に悪魔がいるなど信じられませんでした。

「イーシャに何をしたの⁉」

彼女のことが心配でした。怪我をしているようには見えませんが……。

「さっきまでのお前と同じく眠っているだけだ。まぁ、すぐに聖魔力を補充するための生贄になってもらうがな」

「私が聖女になるための犠牲になってもらうんですよ」

「ロベリア？　ま、まさか貴女も⁉」

大神殿の奥、闇の中からイーシャと同期のロベリアが現れました。ロベリアはイフェル公爵の娘です。その彼女がここにいるのです。磔にされている同期のイーシャを見て、彼女は笑っていました。つまりロベリアも悪魔の仲間。イフェル公爵の身体を悪魔が乗っ取っているのだと考えていましたが、どうやらそうではないようです。

「そろそろ日が変わる。お前を聖女にするための儀式を始めようか」

「はい、お父様」

ロベリアが聖槍を手にイーシャに近づいていきました。

「ま、まって！　彼女に手を出さないで！　生贄には私が」

「それは無理な相談だ。お前には私の娘の洗礼をしてもらわなくてはならんからな」

悪魔が私に近づいてきました。その手が私の肩に触れます。

「よし。お前を護る結界も消えたようだ」

聖女である私に悪魔や魔人が触れることなんてできないはずなのに。いつの間にか右手首に付けられたブレスレットからひび割れのような黒い模様が伸びて私の身体を侵食していました。多分、これのせいです。

「洗礼ができる程度の力だけを残して、それ以外の聖女の力は消滅させておいたぞ」

ご丁寧に悪魔が教えてくれました。私の絶望する顔が見たいのでしょう。絶望するしかないじゃないですか。聖女の力がなければ、何もできません。私は無力です。悔しくて、悔しくて悔しくて涙が出ます。私のお仕事を引き継ぐために毎日頑張って修練していた女の子を、助けることもできないんです。

「二百年ご苦労だった。お前の最後の仕事は、悪魔の娘を洗礼して聖女にすることだ」

「いくら脅されようと、そんなことは絶対にしません!!」

「あぁ、気にするな。お前にこうして触れられるのだ。聖女の力が弱まっているお前なぞ容易に洗脳できる」

「そ、そんな」

もう、どうしようもなさそうです。

「……主よ、どうか」

「ふははは。無駄だ！　いくらここが創造神の神殿とはいえ、神が直接干渉することはないのだからな!!」

私の最後の希望を折るように悪魔が話しかけてきます。認めたくはないですが、それは正しいと思います。私は創造神様から神託をいただいたことしかありません。目の前に顕現していただいたことなんて一度もなかったのです。

でも、それでも私、二百年も創造神様に祈りを捧げてきたんですよ？　もっと普通の女の子みたいに遊んだりしたかった。美味しいものを食べて、綺麗な風景を見て、男の人と仲良くなったりしたかった。そういうのを全部我慢してきたんです。聖女ですから。

男性と関係を持つことだって我慢しました。本当ならあの御方に、この身を捧げたかった。彼と添い遂げたかった。

最後に、ちょっとでいいから奇跡を起こしてください。私はどうなってもいいですから。

「せめてイーシャだけでも、助けてください」

「最後まで他人を想うのか。聖女らしくて実に良い。じゃあな」

魔人の手から私の頭に何かが入ってきます。私が、私じゃなくなって――

「ぐはぁっ!!」

私はまだ私のままでした。頭に手を触れていた悪魔グシオンが何者かに吹き飛ばされたのです。悪魔を吹き飛ばしたのは騎士でした。でも私の守護者である聖騎士ではありません。絶対に違います。だってその騎士は燃えていたのですから。

――＊＊＊――

突如現れた炎の騎士によってグシオンは大神殿の入口付近まで吹き飛ばされた。その炎の騎士はハルトの魔法だ。助けを求めるセイラの声に呼応して、ハルトが彼女に張り付けた魔法陣が発動していた。

本来はセイラがピンチになった際、ハルトを召喚するはずの魔法陣。しかしハルトが応じなかったため、代わりに炎の騎士が召喚されたのだ。

「い、一体、どうなって……」

セイラは目の前の状況が分からず狼狽えた。彼女とは対照的にすぐ行動に出た者がいる。

「お前ぇぇ！　よくもお父様を‼」

父であるグシオンを殴り飛ばされたことに激怒したロベリアが、炎の騎士に襲いかかる。どうしてこの場に炎の騎士が現れたのかなど、どうでもよかった。父を殴ったコイツは敵である――その情報だけでロベリアは迷わず敵に攻撃を仕掛けることができた。

グシオンは人族の子供に転生を繰り返すことで、悪魔でありながら聖都に入り込めるようになった。その娘であるロベリアも同じように悪魔の力を持つ。さらに聖女候補として長期間訓練を受けてきた彼女は、聖女に準ずる聖なる力の行使も可能だった。神に祝福された槍――聖槍を使いこなせた。

ロベリアは聖槍を巧みに操り、炎の騎士に攻撃を加えていく。炎の騎士が魔物であれば、聖槍の攻撃は掠っただけでも致命傷となる。勝負は一瞬でつくと思われた。

「なっ、なんで!?」

ロベリアは焦っていた。聖槍の扱いに関してはーーいや、全ての祝福された武具の扱いに関して、彼女は今いる聖女候補の中で最も優れていた。レイピア以外の武具であれば、現役の聖女であるセイラ以上に使いこなせる自信もあったのだ。その自分が最も得意とする聖槍を得物にしているにもかかわらず、炎の騎士に一撃も与えられなかった。

「くそっ。当たれば、当たりさえすれば!!」

一撃でも攻撃を掠らせれば勝てるはず。その考えが彼女に悪意に満ちた行動を取らせる。

「これなら、どう!?」

十字架に磔にされているイーシャに向かって聖槍を投擲したのだ。炎の騎士がセイラを護るように立ち回っていることをロベリアは気づいていた。聖女を護るなら次代の聖女であるイーシャも護りに行くはず。その予想は当たった。炎の騎士はイーシャに向かって投げられた聖槍から彼女を護るため、その腕で聖槍を受け止めた。聖槍で傷を負ったのだ。

「よし!」

これでコイツは消えるはず。そう考え、ロベリアは父であるグシオンのほうに向き直ろうとした。

「……は?」

彼女は目の前の状況が信じられなかった。炎の騎士は聖槍で傷を負っても消えなかった。腕に刺さった聖槍を左手で抜くと、それをロベリアに向けて構えたのだ。

魔物が祝福された聖槍を手に持てるわけがない。あるとすれば、この炎の騎士が神の祝福すら跳ね除けるほどの上位の存在か、もしくは何者かの魔法であるということ。

しかし自分と同等以上にやりあえる自律行動する魔法が存在するなど信じられなかった。信じたくなかった。狼狽える彼女へ、二本の槍を携えた炎の騎士が歩み寄る。

「う、嘘でしょ!?」

ロベリアが後ずさる。その顔には恐怖が浮かんでいた。

「ウォータージェイル!!」

どこからか流れ込んできた大量の水が炎の騎士を包み込んだ。

「お父様！」

グシオンがダメージから回復し、炎の騎士を水牢に閉じ込めたのだ。

「ご無事ですか？」

「あぁ、これくらいなんともない」

ふたりは水牢の中の炎の騎士を見ている。炎を水で覆い尽くしているというのに、消える気配がないことに脅威を感じていた。

「お父様、この騎士はいったいなんなのでしょう？」

「これは多分、アイツの――賢者の魔法だ」

「そ、そんな!?　これほどの魔法を人族が使えるはずありません！」

「そいつは私の配下の魔人二体から聖女を護っている。少なくとも魔人二体を相手取って無傷で勝つほどの力を有しているのだ」

グシオンは配下の魔人が倒されたことに魂の繋がりから気づいていた。そしてハルトたちが魔人を倒したことをセイラや本人から聞いて知っていた。知っているつもりだった。実は賢者ハルトが魔人の一体を倒し、もう一体は彼の家族が仕留めたことなど知る由もなかった。

悪魔は知らなかった。賢者であるハルトだけが魔人を倒せるのではないということを。彼の家族がどれほど異常なのか。そしてそのハルトの家族がグシオンに対して強い怒りを抱いていることなど分かるはずもなかった。

「なんにせよ、早々にあの賢者は殺そう」

「私もお手伝いします」

「あぁ、頼む。今宵、聖女となるお前の力と、これまで隠してきた私の本来の力を解放すれば賢者と言えど敵ではない」

「その通りです、おとうさ――っ!?　あ、危ない！」

ロベリアがグシオンを突き飛ばした。寸前までグシオンがいた場所に聖槍が突き刺さる。グシオンと入れ替わりでその場に移動したロベリアの腹部を、聖槍が貫通していた。

「な、な……」

「おとう、さま…に、にげ、て……」

人族の心臓とその付近にあった悪魔の核《コア》を同時に貫かれ、ロベリアは息絶えた。悪魔の血を引く彼女は聖なる力で浄化され、その身を灰に変えながら散っていった。

「ロベリア、ロベリアァァァア！」

グシオンは聖槍が飛んできたほうを睨みつける。そこには炎の騎士が立っていた。その身体を構成する炎の勢いは先程までより増している。加えて身体の周囲に電気を纏っていた。

なぜ？　どうやって？　どうなっている？　――そんなことどうでもよかった。千年かけて作り上げた計画、その一端を崩されたのだ。

娘に愛があったわけではない。彼は悪魔だ。愛など知らない。千年ヒトとして生きてきたが、愛を知ることはなかった。娘は計画を成すための道具に過ぎない。それでも数百年かけて準備した道具なのだ。それを壊されて楽しいはずがない。

「……ハルト。お前は必ず、俺が殺す」

そう呟いて、グシオンは千年間封印してきた悪魔の力を解放した。


――＊＊＊――


ここまで何かに怒りの感情を抱いたのは何万年ぶりだろう。目の前にいる騎士が憎い。その騎士を創り出した賢者ハルトが憎い。心底、憎くてたまらない。

……あぁ、いいことを思いついた。奴にも同じことをしてやろう。アイツはこの聖都に来た時、数人の女を連れていた。ひとりは見覚えのある女だった。忌々しいティナ＝ハリベル。我が同胞の悪魔ベレトを倒した勇者一行のひとりだ。

ベレトは邪神様の命令で魔王として人間界に君臨し、世界に恐怖と絶望を広めていた。アイツは俺より序列が低く、本人の力も大したことはなかった。しかし配下の魔人を上手く使い、効率よくヒトの国を壊滅させていった。その手腕に感心したものだ。

それをあの女、ティナと異世界から来た勇者が倒した。その時、邪神様のお心が荒れたことにより魂で繋がる俺たち全ての悪魔は勇者を、そしてティナを怨んだ。

俺が準備した娘を壊したハルト。邪神様、そして全ての悪魔の敵であるティナ。このふたりを同時に絶望の淵に沈める方法を思いついた。

ふたりを捕え、強制的に子を孕ませ育てさせよう。その子がロベリアと同じ年齢になるまで俺の管理下で生かしておいてやる。

ヒトとはめでたい生き物だ。監禁され、行動を抑圧されてもなお、その状況下で数年過ごせばそれに慣れてしまう。悪魔に飼われていることも忘れ、幸せを感じ始めるのだ。その仮初の幸せをぶち壊してやる。

奴らの目の前で十六年間育てた子供を殺す。きっと奴らは子供より自分を殺せと言うはずだ。俺はその言葉を無視して奴らの子を殺そう。

奴らは驚くだろう。悲しむだろう。絶望するだろう。次は自分の愛する者の番ではないかと恐怖するだろう。そうでなくてはつまらない。悪魔のモノに手を出したことを、悪魔に楯突いたことを心の底から後悔させてやる。

ハルトはティナ以外にも複数の女を連れていた。そいつらにもティナとハルトにしたことと同じことをする。ハルトと一緒にいたことを後悔させてやる。

仮にハルトと関係ない者であったとしても、そんなことはどうでもいい。俺はハルトの顔が絶望に歪めばそれでいいのだ。

ティナが涙を流しながら子を助けて欲しいと懇願する姿が見たい。ハルトと一緒にいた女たちが悲しむ様子を見て、ハルトが心を病むのを見たい。その時の奴らの感情を喰いたい。

ハルトやティナ、女たちの絶望する顔を楽しみながら奴らの魂をいただこう。賢者まで上り詰めた者と英雄の極上の魂。きっとそれらは美味なはずだ。

不思議と力が湧いてくる。これが怒りか。復讐を楽しむ気持ちか。久しく忘れていた。

いや、怒りだけではないな。千年もヒトの姿のまま悪魔の力を行使して過ごしてきたからか、真の力を解放した今は以前と比べ物にならないほど力が増していた。

転生を繰り返すこと数十回。その全てで俺は一般的なヒトの限界値まで己の能力を高めてきた。魔導師、剣闘士、弓士、付術士、暗殺者——それらの職で使用できる技や魔法を今でも全て使える。もとより圧倒的な力を持つ悪魔の俺が技を手に入れたのだ。

「これはいい」

これだけの力があれば、あるいは……。

聖女を護るように立つ炎の騎士の前へと移動した。騎士は迎撃してきたが、悪魔の力を解放した俺にとってその攻撃はあまりに遅かった。

「こんなものか」

俺の手には炎の騎士の核と思われる魔力の塊がある。騎士が攻撃してくる瞬間、その身からこれを抜き取ってやったのだ。核を抜き取られた炎の騎士はその場に霧散していった。

所詮は人族の魔法、やはりこの程度か。

「そ、そんな……」

助かると思っていたのだろう。聖女が恐怖を滲ませていた。

「洗礼の必要がなくなったから、お前はもう要らないのだが……。少しそこで見ていろ」

大神殿の中央にある巨大なクリスタルへと近付く。

「なっ、何をするの!? まって、それはダメ！ やめて!!」

俺が何をするつもりか気付いたようだ。もちろんやめる気などない。俺は悪魔の力、そしてヒトとして培った技術の全てを注ぎ込んで、聖都を護る忌まわしきクリスタルを殴りつけた。

「ちっ、さすがに硬いな」

「そ、そんな……」

クリスタルの完全破壊には至らなかったが、その機能を停めることはできた。数千年もの間、大神殿と聖都を護り続けてきたクリスタルに大きな亀裂を入れることに成功したのだ。聖女の様子を見ても分かるように、聖都を覆い守護していた聖結界が消え去った。

これほど容易なことだったのか。であれば娘など作らずとも、俺ひとりで聖都を壊滅させることができたではないか。思えば娘にはかなり手間をかけた。だが全てが無駄だったとは思わない。娘との生活はそれなりに楽しかった。改めて娘を殺したハルトへの憎悪の気持ちが濃くなる。

「さて、これでお前たちを護るものは何もなくなったわけだが……。お前はどうする？」

「…………」

聖女は放心していた。反応がないというのもつまらない。

「——ひぐっ」

聖女の首に手を当て、その身を持ち上げる。首が締まり、苦しそうな声を上げた。

「長く聖女を務めてきた貴様の魂は、さぞ美味であろう。しかし、可能ならばその魂は絶望で真っ黒に染め上げてから喰いたいのだ」

既に聖女の心は折れているはずだ。とはいえ、まだまだコイツの魂は美味くなる。殺してくれと懇願してくるような状況まで傷つけ、辱め、追い込み、苦しめよう。何度か殺してみてもいいかもな。無理やり次の聖女をつくって、そいつに蘇生させれば何度でも楽しめる。おぉ、我ながら素晴らしい考えだ。

「そうだ。お前にもハルトとの子を作らせてやろう。どうだ？　この俺に従うのであればお前も生かしておいてやるぞ」

十数年の間だけだがな。

「……貴方は、彼に勝てないわ」

「何？」

ハルトの名を聞いた途端、聖女の目に光が戻った。あの賢者が私に勝てると信じきっている。

強く、ハッキリとした意思が読み取れる。創造神の助けなどない――それを分からせてやった時に折れた聖女の心が、あの賢者を拠り所にして回復していた。期待や希望、勇気。聖女の心は正のエネルギーで満ち溢れていた。

非常に気持ち悪い。せっかくへし折った心が完全に回復している。これでは再び心を黒く染め上げるのに手間がかかる。……嗚呼、面倒だ。

「気が変わった。やはりお前は今ここで殺す」

聖女の首を締める左手を高く掲げ、右手に暗黒の剣を召喚した。これを目にして恐怖すると、その者の魂を穢し破壊する魔剣だ。この剣に恐怖して斬られた者は、たとえすぐに蘇生魔法を使用したところで生き返ることができなくなる。恐怖を誘発する幻影を見せる効果もあり、この魔剣を前にして恐怖しない人族などいなかった。それなのに――

聖女は恐怖していなかった。未来を信じている。希望に満ち溢れている。

やめろ。やめろやめろ！　そんな目で俺を見るな!!

「死ね」

魔剣を聖女の心臓に。

「――ぐっ!?」

目の前にいたはずの聖女が消えた。聖女だけではない。その首を締めていた俺の左腕も消えた。痛みを感じる。悪魔としてこの世界に生み出されて以来、初めての経験だった。炎の騎士に吹き飛ばされた時もダメージはあったが、痛みを感じはしなかったのだ。

「お、お前はっ!!」

身の丈ほどある大剣を携えた青年が聖女を抱えて立っていた。そいつが――その賢者が私の腕を斬り落とし、俺から聖女を奪っていったのだ。賢者は俺がこの世で最も嫌いなふたつの感情――希望と勇気に満ちた声で聖女に語りかけた。

「待たせてごめんな。でも、もう大丈夫」

05

勇者の言葉

LEVEL 1 NO SAIKYO KENJYA

悪魔の持つ剣がセイラに突き刺さる寸前、ギリギリで彼女を助けることができた。炎の騎士がいればなんとかなると思っていたが、俺が彼女のもとに転移しようと準備していたら騎士が倒されたことを感じ取ったので、慌てて転移してきた。まさか悪魔が来ていたとは……。

さすがに敵が悪魔では、炎の騎士一体だと無理がある。悪魔を相手に時間稼ぎするなら複数の属性の騎士を数体ずつ用意しておく必要があるだろう。

今、俺がいるここは聖都内部。創造神様が祀られている大神殿だった。聖都には強力な聖結界が張られている。魔人がその結界内部に強引に入ると消滅してしまうほどのもの。悪魔がそれをものともせず、ここにいることに驚いた。聖都の結界より強力な結界によって護られているはずの聖女に悪魔が直接手を触れていて背筋が寒くなった。

人狼の姿をしたこの悪魔には、セイラを殺す力があったということ。

間に合って本当に良かった。

悪魔が彼女を刺そうとしていた禍々しい黒剣。これもなんだか嫌な感じがする。なるべく早く破壊すべきだと俺の直感が告げていた。

まずはセイラの首を締めていた悪魔の腕を外そうとするが、何故か全く外れない。悪魔本体から切り離したとはいえ、上位悪魔とみられる奴の腕なのでそれ自体が呪いのようにセイラに張り付いて離れなかった。

そこで聖属性魔法で消滅させることにした。どうやらこの腕の主だった悪魔は聖属性にかなりの耐性があるようだ。なかなか腕が消えなかった。

しかし耐性があるとはいえ、悪魔は悪魔だ。聖属性魔法が弱点であることに間違いはない。

以前セイラを襲っていた魔人を消滅させた時の数十倍の魔力を放出する。超高密度に圧縮したそれを魔衣として右手に纏い、彼女の首を絞める悪魔の腕を握り潰した。それで悪魔の腕は消滅した。呼吸ができるようになったセイラが咳き込む。

「大丈夫？」

「は、はい。ありがとうございます」

セイラにヒールをかけながらゆっくり床に降ろして、俺は悪魔に覇国を向ける。敵は悪魔だ。油断はできない。

悪魔は俺が斬り落とした左腕の再生に苦戦していた。腕の切断面から触手のようなものが伸びて腕の形を成そうとするが、それが全く安定していない。

「ぐっ――き、貴様っ！　いったいどうやってここに現れた!?　それにその破魔の剣、覇国をなぜ賢者のお前が持っている!?」

えっ。覇国って、破魔の剣なの？

破魔の剣とは邪神に連なる者――悪魔や魔人、魔族、魔物に対して強力な追加ダメージが発生する武器のことを言う。その効果は武器自体に依存するものなので、ステータスが《固定》されている俺が使用しても十分な威力を発揮する。実際に魔人以上の再生能力を持つはずの悪魔が腕一本の再生にすら手こずっているのを見ると、効果は本物のようだ。

へぇ……。いいことを知った。今後、魔人や悪魔と戦う時は積極的に覇国を使用していこう。

そういえばコイツ、なんで俺が賢者だと分かったんだ？

「俺って、お前に会ったことある？　なんで俺が賢者だって知ってるの？」

「質問しているのは俺だ！」

おや、怒られてしまった。

「ハルト様。イフェル公爵が悪魔だったのです……。聖都を統治していたのは、悪魔でした」

「そ、そうなの!?」

なんとなくイフェル公爵が怪しいかなって思っていたけど、まさか悪魔だったとは。魔人や悪魔から指示を受けて聖都で暗躍しているのではないか、その程度にしか考えていなかった。

「こ、この悪魔に、数千年も聖都を護ってきたクリスタルを、壊されてしまいました」

セイラの目から涙が零れ落ちる。大神殿の中央に目を向けると、聖結界を発生させるための巨大クリスタルに大きなヒビが入っていた。

「ふはは、その通りだ。まもなくこの聖都に十の魔人、そして千を超える魔物が押し寄せる。ここは、地獄と化すのだ！」

腕の再生を終えて余裕を取り戻した悪魔が話しかけてきた。十体の魔人と千くらいの魔物か。まぁ、そのくらいならなんとかなる。問題は壊されちゃったクリスタルのほうだな。これを直すには彼女を連れてこなきゃ。

「くくっ、さすがの賢者といえ怖気付いたか？　貴様は俺の、悪魔のモノを壊したのだ。その償いは百年かけてしてもらうぞ！　貴様だけではない。貴様と一緒にこの聖都に来ていたあの女たちにも死んだほうがマシだと思えるほどの苦痛を与え続けてやる!!」

えっと……。コイツは何を言ってるんだ？　俺が何か壊したのか？

よく状況が理解できない。

俺の魔法である騎士シリーズは敵に倒されると、倒されるまでに使用しなかった魔力を俺に戻そうとする。魔力が戻ってくることで、俺は騎士たちが経験したことを追体験できるという機能もある。しかし核《コア》を抜き取られるなどして倒された騎士からは情報を得ることができない。核が騎士たちの頭脳であり、騎士を構成する最重要パーツ。だから悪魔が言っていることの意味はよく分かんないけど……。

まぁ、別にいいか。少なくともコイツが俺の家族に手を出そうとする意思があることは分かった。つまりコイツは排除すべき存在。俺の敵だ。

余裕を見せる悪魔のそばに転移して、治ったばかりの左腕を覇国でもう一度斬り落とした。

「ぐうっ!?」

悪魔が痛みに顔を歪めながらも右手で攻撃してきたので、すぐにセイラのもとまで帰る。

「て、転移だと!?　貴様、まさか勇者なのか!?」

「俺は――」

賢者だ。そう言おうとしたけど、俺の後ろにセイラがいたので少し言葉を変えることにした。

彼女にも『俺《守護の勇者》』が戻ってきたことを教えてあげよう。そのほうがクリスタルを破壊されて絶望している彼女を元気付けることができるはず。

「うん。俺は異世界から来た勇者だよ」

「……え？」

セイラが驚いた表情を見せる。

元勇者だけどね。でもそのくらいの嘘はいいだろ？

人々を守る勇気がある者。人々に希望を与える者。それが勇者だ。俺がセイラを守る。セイラに希望を見せてあげる。

百年も前に言った言葉だけど、覚えてるかな？　セイラが覚えてくれてるといいな。

百年前、魔物に襲われていた彼女を助けた時の言葉をなぞる。俺の背後にいる彼女へ。

「君を、守らせて」


――＊＊＊――


炎の騎士が現れて悪魔を殴った時、私は助かったと思いました。助かるかもしれない。イーシャを助けられるかもしれない。きっと創造神様に助けを求める声が届いて、炎の騎士を遣わしてくださった――そう考えたので、騎士が負けるはずないって思っちゃったんです。すごく純粋で力強い魔力でした。

しかし炎の騎士は悪魔に心臓のようなものを抜き取られると、その場で消えてしまいました。心に灯った希望の光が、いとも簡単に吹き消されたのです。

悪魔はヒトの心を折るのが得意です。そして心が折れたヒトの魂が大好物です。ですから悪魔の前では心を強く持たなければなりません。

でも私には無理でした。明らかに全力の私より強い炎の騎士が、悪魔に一瞬で倒されてしまったからです。

それだけではありません。聖都を守る聖結界。それを発生させるクリスタルを悪魔に破壊されてしまいました。

聖都ができたのは数千年前と言われています。それだけ長い間、聖都を守り続けてきた聖結界が私の目の前で破壊されてしまったのです。悪魔の存在に気づけず、侵入を許してしまった私のせいです。

さらにこの後、十体もの魔人と魔物の軍勢がこの聖都に攻めてくると言います。それなのに私は聖女の力をほとんど失い、戦うことも人々を回復させることもできなくなりました。

私だって創造神様からお力をもらったばかりの状態で全力を出せれば魔人を倒せます。でも、悪魔は無理です。魔人が十体集まっても勝てない存在――それが悪魔なんです。

ちなみに私以外で魔人を倒せそうなのは聖騎士団長のエルミアと聖騎士シンです。シンは最近私の騎士になったのですが、その潜在能力は先輩騎士たちより格段に飛び抜けていました。魔人に襲われた時、私を最後まで守ってくれたのは彼でした。

それからエルミア。彼女はおよそ五年間、聖騎士団長として私を支えてきてくれました。彼女が聖騎士見習いだった時から数えると、十年を超える付き合いになります。

エルミアは聖女である私に対して、姉妹のように接してくれました。最初は私のほうがお姉さんでした。よく訓練が辛いと嘆いていた彼女を慰めてあげました。いっぱい面倒を見てあげたのです。でも私は聖女特典で歳を取らなかったので、いつの間にかエルミアのほうが私のお姉さんみたいになっちゃいました。

お姉さんになった彼女は、私を色んな危険から守ってくれました。私を姉のように慕ってくれた時のエルミアも、姉として私を守ってくれた彼女も大好きでした。

今、ここにエルミアはいません。私が悪魔に捕まる前の最後の記憶は彼女と、聖女候補のイーシャと一緒に神官の所へ挨拶しにいった時のものです。

イーシャは私の目の前で磔にされています。イーシャ、助けられなくてごめんね。せめてエルミアは無事だといいのですけど。

私のお守りばかりしていたので、あんなにスタイルが良くて美人なのに、エルミアには彼氏がいません。

私は男性とのお付き合いはできません。この身を創造神様に捧げているのです。

でも聖騎士にそんな縛りはありません。普通に結婚して、家庭を持っている聖騎士だっています。だからエルミアも彼氏を作ればいいのに。

彼女は『可愛い妹が彼氏を作れずに毎日頑張っているのに、私だけそんなことできるか！』——と言ってくれました。聖女でいる間は歳を取らないので、私は役目が終わってから恋愛を楽しもうと思っていました。

でもエルミアはもう二十一歳でしょ？　周りの女の子たちはみんな結婚しちゃったよ？　そう言ったら『なら、私はセイラが聖女をやめた時、セイラと同じ人を旦那にする』って言い出したのです。

そう言われた日から、私は聖女候補の育成をこれまで以上に頑張り始めました。私がいつまでも聖女でいたら、エルミアがおばあちゃんになっちゃうからです。

大好きなエルミアと同じ人を伴侶にするのもいいかなって思っちゃいました。きっとその生活は幸せでいっぱいなはず——

「ひぐっ」

悪魔に首を締められ、身体を持ち上げられました。

私は現実逃避していました。エルミアと一緒に普通の女の子として生きる——そんな明るい未来を描いていました。それを無理やり地獄に連れ戻されたのです。もう、終わりです。

「お前にもハルトとの子を作らせてやろう。どうだ？　私に従うのであればお前も生かしておいてやるぞ」

悪魔がそんなことを言ってきました。

……はると？　守護の勇者、遥人《はると》様のことですか？

首を締められて苦しくて、頭が回りませんでした。

なんで悪魔が遥人様のことを？

彼はとうの昔に元の世界に帰ってしまいました。

でも、もし彼がここにいてくれたら。

「貴方は、彼に勝てないわ」

思わず言葉が口から漏れていました。

守護の勇者である遥人様が、私を何百という魔物の群れから救ってくださった遥人様が悪魔なんかに負けるわけがありません！

遥人様のことを思うと、不思議と悪魔が怖くなくなりました。

私の頭を優しく撫でてくださった彼の手の感覚を思い出しました。

私の髪が綺麗だと褒めてくださった彼の声を思い出しました。

絶望的な状況なのに、心が温かくなってきました。

悪魔が真っ黒な剣を取り出して私に向けてきます。さっきまでの私だったらこれを怖がったでしょう。でも今は私の心に遥人様がいます。悪魔なんて怖くありません。

「死ね」

悪魔の剣が、私の心臓に――

いつまで待っても痛みはありませんでした。

それどころか優しく何かに包まれている感じがしました。

「待たせてごめんな。でも、もう大丈夫」

聞き覚えのある声がして閉じていた目を恐る恐る開けると、そこには賢者のハルト様がいらっしゃいました。私を助けてくださったのは守護の勇者の遥人様ではなく、賢者のハルト様でした。彼はその手に持つ身の丈ほどもある大剣で悪魔の腕を斬り落として、私を助けてくださったようです。

賢者なのになんで剣を使っているんですか？　なんでそんなに大きな剣を片手で振り回せるんですか？　そんな剣、どこから持ってきたんですか？　聖都の外で私を助けてくださった時はそれ、持っていませんでしたよね？

色々聞きたかったのですが、切り離された後も悪魔の腕が私の首を締め続けていたので声を出せませんでした。その悪魔の腕をハルト様は握りつぶして消滅させてしまいました。

彼が腕に聖属性の魔力を纏っていたのは分かりましたが……。悪魔の身体の一部を消滅させるなんて信じられませんでした。

信じられないことはまだ続きます。ハルト様が持っている剣は破魔の宝剣『覇国』でした。エルフの王国《アルヘイム》に厳重保管されているはずの、勇者のみが扱うことのできる剣です。悪魔が斬られた腕の再生に手間取っていることからも、その剣が本物であることは間違いないと思います。

それだけではありません。ハルト様が『転移』を使いました。一切の予備動作なく悪魔のすぐそばまで転移すると、再生したばかりの悪魔の腕を再び斬り落としたのです。転移も限られた勇者様だけが使用できるスキルなのです。もしかしてハルト様は勇者なのでしょうか？

「貴様、まさか勇者なのか!?」

悪魔も私と同じことを考えたようです。

「うん。俺は異世界から来た勇者だよ」

「……え？」

覇国が持てて、転移ができる。状況から見てハルト様が勇者だと言われても不思議ではないのですが、それでも驚きの声が漏れていました。彼は賢者だと聞いていたので。

それだけではありません。私が驚いたのは勇者だと言った時の彼の姿が、守護の勇者様と重なって見えてしまったからです。遥人様とハルト様――同じお名前です。

でも、そんな偶然なんて……。

ふたりのお顔は全然違いますし、ハルト様は綺麗な青い眼をしています。異世界から来た勇者様たちはみんな、黒い眼をしているのが特徴でした。ですからハルト様が勇者だと言われても、素直に信じられませんでした。

何より、あれほど力強い魔力だった炎の騎士があっさりと倒されて希望を絶たれたばかりなのです。簡単に『これで助かる』と思えなくなっていました。ハルト様に『もう大丈夫』と言われても、その言葉を信じられなかったのです。もうこれ以上、心を揺さぶられたくありません。それなのに――

「君を、守らせて」

ズルいです。私に背を向けて言葉をかけてくださったハルト様の姿は、完全に守護の勇者様のそれでした。

守護の勇者様は後ろに守るべき人がいると強くなれるスキルを持っていました。ですから自分が守ろうとする人に対して『守らせて』という言葉をかけていたのです。そうすることで守護対象だと自分も相手も認識できて、スキルを発動させられるのだとか。

その言葉を口にしたハルト様を守護の勇者様だって思っちゃっても仕方ないのです。

そんなの『助かる』って思っちゃうじゃないですか。

『もう大丈夫』って言葉を信じちゃうじゃないですか！

確かめたい。でも真実を知るのが怖いです。たまたまハルト様の言葉があの御方のと似ていただけだったら？　ハルト様が勇者じゃなくて悪魔に勝てなかったら？

怖くて聞きたくないのに――

「ハルト様は……。守護の勇者様なのですか？」

私の口から勝手に質問が飛び出しました。

「覚えててくれたんだ。久しぶりだね、セイラ」

チラっと振り向いたハルト様が笑顔を見せてくださいました。その笑顔はどんな絶望的な状況下にあっても、彼の後ろにいる者に勇気と希望を与えるものです。その言葉と仕草で私は確信しました。彼は――ハルト様は、守護の勇者様です。

「何をゴチャゴチャと!!」

悪魔が剣を振り上げ、魔力を込めて私たちに向かって振り下ろしました。絶望や恐怖を凝縮したような黒い稲妻が私たちのほうへと飛んできます。

でも怖くはありません。だって私は守護の勇者様の後ろにいるのですから。守護の勇者様の後ろが、この世界で一番安全だと私は知っています。

ハルト様は悪魔の攻撃を簡単に防ぎました。覇国を構えて紫電一閃。

「なっ!?　うぐっ!!」

覇国から飛び出した斬撃が魔人の攻撃を打ち消しました。それだけでは威力が衰えず悪魔のもとまで飛んでいき、その腕に大きな傷をつけたのです。悪魔は腕を硬化させてギリギリ防いだようですが、防ぎきれなかった部分から大量の青い血が流れ出ていました。

「……チッ。どうやら本物のようだな」

悪魔から発せられていた殺気が収まりました。ハルト様が勇者であると知り、諦めて逃げるのでしょうか？　──そんなに甘くありませんでした。悪魔は悪意の塊です。タダで逃げるような輩ではなかったのです。

「せめてひとりは魂をもらっておこう」

「──っ!?　ま、待て!!」

ハルト様が慌てています。咄嗟に魔法を発動しようとしていますが多分、間に合いません。私も圧縮された時間の中で動かない自分の身体を恨めしく思いながら、イーシャに迫る悪魔の剣を見ていることしかできませんでした。

「イーシャ!!」

悪魔の剣がイーシャに触れる寸前、イーシャと悪魔の間を超高速の何かが通り抜けました。

「いぎっ!?」

黒い剣と悪魔の腕が消え、悪魔が悲鳴を上げました。

「お前、主様が『待て』と言うておったのにそれを無視するとは……。罰としてこの剣も腕も、我が滅却しておいてやる」

ハルト様と一緒に聖都に来ていた着物姿の女性、ヨウコさんがそこに立っていました。

――＊＊＊――

「な、何者だ!?」

グシオンが殺気を飛ばしながらヨウコに問いかける。普通のヒトであれば動けなくなるどころか発狂してもおかしくないほど強い殺気。それをものともせずヨウコが答えた。

「我は九尾狐のヨウコじゃ」

そう言いながら彼女は手元に召喚した炎獄の業火で手に持つ魔剣と悪魔の腕を焼き尽くしてしまった。

「九尾狐だと？　魔族がなぜ悪魔である私に敵対する!?」

「それは我が主様の忠実な配下だからじゃ」

ヨウコがハルトの腕に抱きつく。彼女の尻尾には先ほどまで十字架に磔にされていたイーシャが包まれていた。

「ヨウコ、来てくれたのか。この子を助けてくれて、ありがとう」

「ふふふ。このくらいわけないのじゃ」

ハルトがヨウコの頭を撫でると、彼女は気持ちよさそうに目を細めた。

「馬鹿な！　九尾が人族如きに使役されるなど信じられるか!!」

「おい、それ以上主様を愚弄するな。我が殺したくなってしまうではないか……。お前にイラついておるのは、我だけではないのじゃ」

「な、何を言って――」

次の瞬間、突如現れた巨大な氷の剣がグシオンの右肩に突き刺さり、彼の足元から立ち上った炎の柱によってその左手が灰と化した。

「くそがっ！」

グシオンは瞬時に腕を再生させ、攻撃してきたふたりに対して複数の魔弾を放って反撃に出る。その攻撃を身軽に躱すと、悪魔の両腕を破壊したマイとメイはハルトのそばに着地した。

「『これは罰。貴方のせいでハルト様と――できなかった』」

ハルトはマイとメイの言葉をはっきりと聞き取れなかったが、彼女たちが強い怒りを抱いているのは分かった。

「こ、高位精霊だと？」

「私たちもいますよ」

いつの間にかハルトの斜め後ろに立っていたリファ。彼女がグシオンの左足に矢を射掛けた。

エルノール家の一員で、発動した後の攻撃速度が一番速いのはリファの風魔法だ。彼女の魔法はおよそ百メートル以内であれば、手元から矢が放たれたのとほぼ同時に目標に着弾するレベルになっていた。いくら悪魔といえ、そんな速度の攻撃を避けられるわけがない。

「ぐっ!?」

リファの矢は速度と貫通力は高いが、そこまで破壊力があるわけではなかった。でもグシオンの足を止めるのには十分。元々リファはグシオンの行動を制限するのを目的として矢を放った。彼女の攻撃には、ほんの少しだけ溜めの時間が必要だから。

「これはハルトとのお楽しみの時間を奪った、お前への怨みの一撃にゃ」

リファに射抜かれた脚を押さえていたグシオンが声に反応して前を見る。そこには周囲の空気が震えるほど圧縮された魔力を右手に集めたメルディが構えていた。

「ま、まて――」

メルディの全力の一撃がグシオンの腹部に叩き込まれる。大量の血を吐きながら悪魔は吹き飛ばされた。

吹き飛んだ先に五歳くらいの女の子が立っている。その子は高速で吹き飛ばされてきたグシオンの身体を最小限の動きで躱しながら、その場でクルリと横に回転した。悪魔が女の子の横を通り過ぎる瞬間、少女の腰付近から何かが飛び出し、グシオンの身体を打った。それは純白の鱗に覆われたドラゴンの尻尾。その女の子――白亜は最強の魔物である竜が人化した姿だ。彼女は尻尾だけを出現させて、飛んできたグシオンをハルトたちのほうへと打ち返したのだ。

「ふべぇ!」

何度も回転しながらグシオンがハルトの足元まで転がってきた。さすがにダメージの蓄積が大きく、なかなか立ち上がれない。

「ナイスだ、白亜」

「えへへーなの！」

ルナとシロを除くハルトの家族が全員ここに来ていた。よく見ると全員に様々なオーラが付与されている。ここに来ていないルナが――レベル100を超える付術師が全力でみんなに補助魔法をかけたのだろう。それによりハルトの家族は全員、普段より数段階ステータスが上昇していた。ちなみにシロは宿に残ったルナの護衛をしている。

「リファ、ティナは？」

「もちろん来ていますよ。一番お怒りなのは、ティナ様ですから」

ティナがいったい何に怒ってるんだ？　ハルトがそんなことを考えているとグシオンが立ち上がった。その身体は何故か小刻みに震えていた。

「な、なんだ、これは？」

グシオンの身体が本人の意志とは関係なく恐怖していた。悪魔が恐怖するほどの魔力。研ぎ澄まされた殺気を放ちながら、彼女が歩いてきた。

「覚悟は、いいですか？」

本物の勇者がいない現在において、この世界最高レベルの魔法剣士が最強装備を携えて歩いてきた。

「な、な、ななんだ、なんなんだお前は!?」

「私はティナ＝エルノール。貴方がこの聖都に現れたせいで、ハルト様との大切な時間を奪われた者です」

ティナがその手に持つのは、かつて守護の勇者が使用していた黒刀。守護の勇者であった遥人が元の世界に帰った後はティナが使用していた。

ハルトの家族は皆、ハルトとの入浴タイムを邪魔されたことに腹を立てグシオンに仕返しにきたのだ。もちろん悪魔がそんなことを知る由もない。グシオンが計画を実行しようとした日、たまたまハルトたちが聖都を訪れていたことが運の尽きだった。

悪魔に有効打を与えられる者は世界に百人も居ない。しかし今、この場には悪魔を倒し得る力を持った者が八人も集まっていた。その中で二番目に強い者が――最強の魔法剣士が、悪魔に対して最も強く怒りを抱いていた。

ハルトとの間にグシオンを挟んで立っていたティナが一瞬でハルトの側まで移動する。その移動の際、悪魔の横を通り抜けたティナがついでとばかりに悪魔の肉体を切り刻んだ。守護の勇者が神から与えられた刀の斬れ味は百年経った今でも変わっていない。

「――」

腰から下顎までを粉々にされて、悪魔は声を上げることも許されなかった。

「さすがだね。ティナの本気装備、久しぶりに見たよ」

「ハルト様の妻として、これくらいは当然です！」

悪魔の身体を粉々にできて溜飲が下がったのか、ティナは眩しいくらいの笑顔を見せながらハルトに抱きついた。

――＊＊＊――


「今更だけどその刀、ティナが持ってたんだね」

「はい。守護の勇者であった遥人様が元の世界に戻られたあと、その装備は全て私が保管していました。あの……。お返ししたほうがいいですよね？」

ティナが少し寂しそうな表情を見せる。百年も一緒に戦ってきた愛刀なのだ。元は俺が神様からもらった刀とはいえ、使っている時間はティナのほうが圧倒的に長い。

「それは今後もティナが使っていいよ。俺にはコイツがあるし」

そう言ってティナに覇国を見せる。

「よろしいのですか？」

「うん。大事に使ってくれてありがとう。それからお前も、ティナを守ってくれてありがとな」

百年もの間、ティナを守ってくれて黒刀にも感謝の念を送る。

「ありがとうございます。これからも大事に使わせていただきますね！」

そう言ってティナは鞘に収めた刀を胸に抱いた。

「ぎ、ぎざまら……」

悪魔が復活していた。しかし重度の傷を何度も受けて、度重なる肉体再生を使用したことにより、その身体は安定していなかった。

「ごろす。殺じてやる」

身体の至る所から再生時に伸びる触手が飛び出していた。闘争心が折れていない手負いの獣ほど危険なモノはない。油断していると思わぬ反撃を受ける可能性がある。

「みんなは満足した？　ここからは俺がやっていい？」

「私はスッキリしています」

悪魔の身体をあれだけバラバラにしたのだから、そりゃそうだろう。

「我はもう少し殴りたいのじゃが……。主様の活躍を見るというのも悪くはないのう」

「「ヨウコさんに、さんせーです！」」

ヨウコとマイ、メイは問題なさそうだ。

「私の魔法だとあれ以上ダメージ与えられないので、続きはハルトさんにお任せしますね」

リファの風魔法は悪魔にすら確実に当たるが、そこまでダメージを与えられるものではない。

「ウチは満足にゃ！」

「私もーなのー！」

このふたりは全力で悪魔を殴っていたからな。ちょっと気持ちよさそうだった。とりあえず全員があとは俺に任せてくれるという。じゃ、悪魔を消しますか。

「最後に言いたいことはない？」

「最後……。最後だと？　ふ、ふざけるな」

肉体が安定してきた悪魔の表情が怒りで真っ赤に染まる。

「もうここの住人の絶望や恐怖など知るか！　聖都ごと貴様ら全員消してやる!!」

そう言って悪魔が膨大な魔力を溜めた右手を大神殿の床に叩きつけた。大神殿は聖都の中心にある。つまり俺が昨日見つけた巨大な魔法陣の中心はここなのだ。この聖都に仕掛けられた魔法陣は中心に膨大な魔力を注ぎ込むことで、その範囲内にある全てのものを破壊する超強力なものだった。それが――

発動しなかった。当然だ。俺が魔法陣の一部を書き換えておいたのだから。

「は？　な、なぜだ、なぜ何も起きない!?」

「聖都に仕掛けた魔法陣を発動させようとしたんだよな？　あれならもう発動しないぞ」

「どういうことだ!?　なぜ貴様がアレの存在を知っている!?」

「昨日見つけて書き換えちゃったからな。それから、俺が魔法陣を見つけられた理由だけど……。俺って邪神の気配に敏感なんだよね」

「な、何？」

「それより気をつけろよ。そろそろ来るぞ」

「は？　何を言って――」

言葉の途中で悪魔の頭上から巨大な光の柱が落ちてきた。

「ぐわぁぁぁぁあああ!!」

悪魔は咄嗟に光の柱を避けようとしたが完全には避けきれず、その右半身が光の柱に飲み込まれて消滅した。悪魔が仕掛けた魔法陣を俺が弄ったのだ。魔法陣が発動されたら、注ぎ込まれた魔力を聖属性に変換してから発動者に叩きつけるようにしておいた。

悪魔が扱う闇属性の魔力を聖属性に変換するのはなかなか大変で、変換効率がそこまでいいわけではない。そのため悪魔に落ちてきた光の柱は注ぎ込んだ魔力をそのまま利用した闇の魔法よりかなり弱くなっていた。しかしその効果は抜群だった様子。悪魔は自らの魔力で自身を傷付けたのだ。

俺はこれで悪魔を倒せたと思ってしまった。聖属性魔法で半身を消滅させれば致命傷となる、もしくは行動不能に陥ると思っていた。過去に倒した悪魔はそうだったから。だがこの悪魔は聖属性に耐性があった。床に崩れ落ちながらも、その身を一瞬でどこかに転移させてしまった。

「あっ、やばっ！」

「ん？　倒したのではないのかの？」

「いや……。逃げられた」

まさかあの状態から転移できるなんて思わなかった。『気をつけろ』と悪魔に注意してしまった自分を恨めしく思う。余計なことを言わなければ、無事に悪魔を消滅させられていたかもしれないのに。

「えっ、ということは――」

ティナも気づいたみたいだ。でもその顔に不安は見えない。

「まさか――」

なぜかリファがワクワクしているような表情を見せる。

まるで何かを期待している――そんな顔。

「主様の活躍が、ちゃんと見られるということじゃの！」

「「そうですね！」」

「ハルトが悪魔をぶっとばすのー」

えっと、なんで君たち笑顔なの？　悪魔に逃げられたんだよ？　俺の活躍って、それどころじゃないだろ。

「ハルト様のご活躍を拝見できると思っていましたのに、敵の自滅じゃ面白くありませんからね！」

「ハルト、やっちゃえにゃ！」

面白くないって……。なんだろう、みんな俺が負けるなんて思ってもいないようだ。もちろん負けるつもりなんてないけど。

「あの悪魔は聖都の外に逃げたようです。悪魔のそばに数体の魔人の気配を感じます」

ティナが悪魔の所在を掴んでいた。

「ありがと。すぐに攻めてきそう？」

「いえ。どうやら魔物を多数召喚しているようです」

なるほど、物量で攻めてくるつもりか。ということは、ある程度の魔物が揃うまでは攻めて来ないな。大量の魔物が来るなら聖結界は直しておきたい。

「援軍を呼んでくる。ちょっと待ってて！」

俺が通う魔法学園の同級生には、この世界全体で見ても最高位の回復系魔法が使える女の子がいる。俺は魔法陣を展開し、そのクラスメイトのもとに転移した。


――＊＊＊――


聖都から少し離れた場所にある草原に悪魔グシオンは転移してきた。ハルトからの追撃を逃れるべく、倒れるフリをしてまでここに逃げてきたのだ。

普段の彼はここまで追い詰められれば一旦魔界に帰り、万全の状態を整えて再戦を望むはずであった。しかし千年かけた計画をことごとく潰されたグシオンは冷静な判断ができなくなっている。

彼はその身体の右半分をハルトに消滅させられたままの状態だった。肉体再生能力に優れる悪魔でも種族の弱点である聖属性魔法で完全に消滅させられた身体を元に戻すことは容易ではなく、新たな肉体を作り出す他なかった。

「ぐっ、くそが！　来い、我が眷属たちよ」

グシオンが呼びかけると、その場に十体の魔人が転移門を開き出現する。現れた魔人たちは千年ぶりに会う主人の姿に驚いていた。

「グシオン様！　そ、そのお姿は!?」

「早く再生を！」

「再生補助ができない？　こ、これは一体なんだ!?」

「騒ぐな。肉体を、賢者に消滅させられたのだ」

「賢者ですと!?　主《あるじ》のお身体をここまで傷つける賢者など」

「並の賢者ではない。闇と聖の属性反転すら使いこなすバケモノだ。……すまんが、魔力を少しもらうぞ」

　そう言ってグシオンは近くにいた魔人に手を触れ、その魔力を吸い取った。吸い取った魔力で自分の身体を新たに構築していく。再生とは違い、失った肉体を再構築していくのは膨大な魔力を必要とするのだ。

　魔人たちは聖結界を破壊した後に聖都を蹂躙するという計画をグシオンから知らされていた。主《あるじ》であるグシオンに聖都へ侵入させ、人のフリをさせるなど魔人として不甲斐なさを重く感じていた。しかしそれが悪魔グシオンの計画であるなら、配下である自分たちはそれに従うのみ。その日が来た時、これまで役に立てなかった憤りを思う存分敵へとぶつけることを各々が自身の心に誓っていた。

　聖都を壊滅させるのだ。聖都を絶望と恐怖で染めあげよう。我が主グシオン様のために。主が仕える邪神様のために。呼び出された時は主との再会を喜んだのち、聖都を恐怖に染め上げるつもりだった。しかしその再会は、喜びとは程遠いものだった。

強く、圧倒的な魔力、再生力を誇る我らの主が半身を失い、その再生もままならないほどダメージを負っている。主を傷付けた者への怒りが溢れ出す。同時に魔人たちの中に僅かな恐怖も生まれていた。自分たちが全員で挑んでも敵わない主を、ここまで追い詰める人族がいるというのだ。

「奴には——賢者には勝てない。どう足掻いても無理だ。しかしお前たちがいれば、聖都を滅ぼすことはできよう」

グシオンが配下の魔人ひとりひとりの顔を見る。

「悪いが、お前たちには死んでもらう」

突然、主人からかけられた言葉。しかしそれに反論する魔人はいなかった。

「もとよりこの身はグシオン様に捧げております。我が命、好きなようにお使いください」

「どんな命令であろうと」

「なんなりとお申し付けください」

主の闘争心は折れていない。聖都を滅ぼすことを諦めていない。邪神様の指令を果たす気でいる。であるなら我ら魔人は命尽きるまで主の命令に従うまで。十体の魔人たちは皆、グシオンに対して強い忠誠心を持っていた。

「お前たち、すまない……」

グシオンが巨大な狼へと姿を変えた。人狼形態だった時より頭部の角も巨大化し、力強い闇属性の魔力を放っている。これが彼の本当の姿——完全な悪魔体だ。

数千年、長い者は数万年もの間、自分に尽くしてくれた魔人たちを自分の命令で殺すのだ。最後は悪魔として本来の姿で命令してやることこそが配下への手向けとなると彼は考えた。

「命令だ。聖都を蹂躙せよ。魔物を呼び、住人を殺せ。しかしお前たちでは、あの賢者に勝てん。奴は無視せよ。仮に奴が出てきた場合は全力で足止めするのだ。その間に残った者はひとりでも多くの人族を屠れ」

「「「はっ！」」」

魔人たちが配下の魔物を召喚し始めた。それぞれがCランク以上の魔物百体を使役している。その全戦力をこの場に召喚し始めたのだ。

百年前、魔王ベレトが君臨していた時に発生した最大のスタンピードより規模が大きいものとなった。魔物の質も桁違いだ。Aランクの魔物であるオーガが数体に加え、オークの群れを指揮するオークキングもその姿を現した。過去千年で最悪といえる魔の軍勢が完成した。

戦い前の指揮官による激励など必要ない。ここにいる魔人と魔物は、それぞれが魂で繋がっている。悪魔の怒りが魔人に伝わり、その怒りは千の魔物に伝達していた。全ての魔人と魔物が悪魔の怒りを共有している。

「蹂躙せよ」

たった一言。悪魔の言葉で十の魔人と千の魔物が聖都に向かい全速力で移動を開始した。

06

聖都防衛戦

LEVEL 1 NO SAIKYO KENJYA

聖都を囲む防壁の上で見張りの兵たちが慌ただしく走り回っていた。いつものように夜間の見回りをしていたところ、なんの前触れもなく聖結界が消えたのだ。

緊急時のマニュアルに従い、急いで防衛を固めていく。しかしその防衛指針というのは、聖結界の維持を前提としたものであった。聖結界が消えた時の対処法などマニュアルに記載されていない。聖都ができてから今日まで、聖結界が消えた日など一度もなかったのだから。

聖結界に守られていなければ、聖都はほとんど無防備だった。高く堅固な防壁があるものの、それを守る兵士の数が多くない。魔人の侵入すら拒む聖結界がある。さらにここは創造神が祀られた大神殿がある聖都サンクタムだ。邪神に連なる魔の者たちでも、この聖都には手を出すはずがないという油断があった。

実際には聖女が魔人に襲われることは度々あったが、神への信頼が揺らぐ可能性があるため聖都の住人や一般の兵士たちにそうした事実が伝えられることはなかった。だからこそ遠くに見える草原に無数の蠢く影を確認した時、兵士たちは激しく動揺した。何かがこの聖都に向かってきている。

聖都の西側には草原が広がっている。西側防壁の責任者が魔法使いを呼んで光弾を撃たせた。魔法使いが放った光弾が草原の上空で弾ける。その光に夥しい数の魔物の姿が照らし出された。

「そ、そんな……」

「なんだあの数の魔物は!?」

「ここに、聖都に向かっているのか？」

「今は聖結界が消えている。終わりだ、あんなの防げるわけがない」

「落ち着け！　聖結界は必ず聖女様が直してくださる。我々は魔物を聖都内部に入れないよう、全力でこの防護壁を守るのだ！」

西側防壁の責任者は尻込みする兵士たちを何とか持ち場につかせる。しかし今ここにいる兵士だけでは、時間稼ぎさえ困難であることが明白だった。そのため部下に援軍を呼びに行かせていたのだが、あまり猶予はなかった。

「──ひぐっ」

光弾を放った魔法使いの首を鋭い爪が引き裂いた。飛行できる魔物が数体飛来し、攻撃をしかけてきたのだ。魔法を発動し魔物の注意を引いた魔法使いが最初の犠牲者となってしまった。

「て、敵襲！　総員、迎え撃て!!」

そこから混乱が始まった。聖都の防衛に携わる兵士たちも当然、対魔物の訓練を受けている。Dランクの魔物であれば個人で討伐できる者たちだ。しかし飛来した魔物は全てがCランク以上の魔物だった。

「ぐっ、エレクロウが、何体も」

電気を纏った鳥が兵士たちの間を高速で飛んでいく。鳥系の魔物だが、夜間であっても鳥目など関係なく高速で飛来する。その魔物に直接触れずとも、近くを通過されるだけで兵士たちは身体が痺れて動きにくくなった。

動きが鈍くなった兵士たちをハーピーという女面鳥身の魔物が襲う。ハーピーはCランクの魔物だが、そこまで強いわけではない。武器や魔法を使う知能があるということで、危険度が高めに設定されているのだ。

しかしエレクロウの纏う電気で体の動きが鈍くなっている兵士たちにとって、空中を自在に飛び回りながら足で掴んだ剣を振ってくるハーピーは脅威だった。

まず厄介なエレクロウを倒そうと、高速で飛び回る魔物に何とか剣を当てた兵士がその身を焦がすほどの電撃に襲われた。エレクロウは魔法や弓矢で遠距離から倒すべき魔物なのだ。しかし魔法や弓矢が当たらないほど飛行速度が速い。更にそれが何十体もいる。防護壁の上で動ける者がどんどん減っていった。

「おい、お前！　できるだけ派手な魔法を空に撃て!!　この緊急事態を、街中に知らせろ!!」

西側防壁の責任者が生き残っている魔法使いに向かって指示を出した。緊急事態を知らせる警鐘はあったのだが、それは既に魔物たちによって破壊されてしまったようだ。

魔物の知能が高いというだけでは説明がつかない。真っ先に警鐘を破壊するなど、CランクやBランクの魔物が思いつくわけが無い。この魔物たちを指揮する者がいるはずだ。責任者の予想は最悪の形で正しかったと証明されることになる。

「魔法を放つのはダメだ。もう少し時間をくれ」

空に向かって魔法を放とうとしていた魔法使いの腹部を何者かの手が貫通していた。その手を引き抜かれると、魔法使いはズルリと崩れ落ちた。いつの間にか防壁責任者と魔法使いの背後に現れた男が魔法使いを殺したのだ。

「絶望や恐怖を与えるのなら進軍を見せつけるのが良いのだが……。此度の主の命令は聖都を蹂躙すること。まだ騒がれては困る」

警鐘が鳴っていないとはいえ、かなり激しい戦闘が防護壁の上で行われていた。それなのに防護壁から少し離れたところにある居住区までこの騒ぎが伝わっていない。

実はこの男が——悪魔グシオン配下の魔人が西側防壁周囲に認識阻害の結界を展開していた。

そのせいで居住区からはいつもと変わらぬ防護壁のように見えていたのだ。

闇が濃くなってきた時間帯。聖都に住む一般人たちの多くは自宅にいて、聖結界が消えていることに気付く者はほとんどいなかった。半透明の聖結界は夜間、防壁にでも登らなければ目視することはできないのだ。

一方で魔力を扱う訓練を受けた者であれば聖結界の存在を感じられる。聖騎士や各方面の防壁にいる兵士たちは聖結界の喪失に気付いてはいたが、その異常の原因は聖都の中心にある大聖堂で何かが起きたのだという認識しかなかった。何人かの兵が大聖堂まで様子を確認しに走ったが、西側防壁が魔物の襲撃を受けていることなど思いもよらなかった。

そして西側防壁の責任者が緊急事態を伝えに行かせた彼の部下も、恐怖によりこの場から逃げ出した数人の兵士も居住区まで辿り着けていなかった。それらを狩る者がいたのだ。

「まさかお前が、伝令の兵たちを……」

「いや、それは俺がやった」

防壁責任者の前に、もう一体別の魔人が現れた。

「この場から移動していたヤツらは全員殺したぞ」

「あぁ、ご苦労。あとはお前だけだ」

気付けば立っているのは防壁責任者だけになっていた。

「くっ、そがぁ！」

最初に姿を見せた魔人に向かって剣を振るう。それは防壁の責任者に昇進した際、聖女に祝福してもらった自慢の剣。加えて責任者自身もBランクの魔物を倒せるほどの実力者であった。

そんな彼の剣を魔人は指一本で受け止めた。祝福された剣は軽い音とともに折られてしまった。

「そん、な――」

「なかなか筋は良い。貴様ら人族の基準でBランクといったところか。だが俺の敵ではない」

防壁責任者の心が折れる。魔物の大軍が聖都に向かってくる足音が聞こえてきた。目の前には自分が何十人いても敵わないほどの化け物が二体。更にこの事態をまだ街に知らせることすらできていない。西側防壁の責任者は武器を落とし、膝をついた。

「聖女様……。申し訳ありません」

「諦めるのは、まだ早いですよ」

「え？」

防壁の上で生きている者は自分だけだと思っていた責任者は後ろから声をかけられて驚く。

彼が振り向くと、そこにはひとりの女性が立っていた。無数の死体が転がるこの戦場に似つかわしくないほどの美女だった。彼女の手には見慣れない湾曲した剣が握られている。

「お前、俺の結界をどうやって通り抜けた？」

「結界？　……あぁ。なんかうすい膜がありましたけど、それのことですかね。それなら斬っちゃいましたよ」

「斬った、だと？」

「あと、お気づきじゃないかもしれませんけど貴方も、もう斬っています」

「な――」

この場に先に来たほうの魔人の身体が粉々に切り刻まれた。同時に肉体の再生が始まるが、斬られた箇所が多すぎて早くも再生限界を迎えたようだ。その魔人は黒い煙になって消滅した。

「き、貴様何者だ？　我が同胞に何をした!?」

「私はティナ＝エルノール。元はティナ＝ハリベルという名前でした。魔人ならこの名前、聞き覚えがあるのでは？」

「ティナ＝ハリベルだと」

魔人から殺気が漏れる。全ての魔人にとってティナは憎悪の対処なのだ。

「それから何をしたかって質問ですけど……。斬ったんです。こんな風に」

ティナの剣を持つ手が消えた。消えたように見えるほど高速で振られた剣から、斬撃が飛ぶ。

それはハルトの剣術の師である彼女――この世界最強の剣士であるティナが、神から与えられた武器を以ってして繰り出した究極の剣技。

並の剣士では傷すら付けられない魔人の肉体を無数の真空刃が易々と斬り裂いた。二体目の魔人も先の魔人と同じように一言も発することなく、ティナへの憎悪と共に消滅した。

「遅くなってすみません。お仲間の皆様は必ず全員蘇生させます」

「え、あ――」

ティナに声をかけられた聖都西側防護壁の防衛責任者は上手く声が出せずにいた。彼の部下は全員魔物に倒された。更に魔人が現れて、伝令に走らせた者も殺され、緊急事態を知らせることもできなかった。彼自身も魔人の膨大な魔力にあてられ、自慢の剣を折られたことで生を諦めていた。

そこに現れた美女が一瞬の間に二体の魔人を屠ってしまったのだ。彼は目の前の光景を信じられなかった。美女の一挙一動に目を奪われた。

彼女は百年前に世界を救ったティナ＝ハリベルだという。伝説の英雄が突然この場に現れたことも信じられないのに、彼女は死んだ部下たちを蘇生してくれると言った。

全員が死んだわけではないが、蘇生が必要な者は五十人を超えている。この聖都でリザレクションが使えるのは聖女ただひとり。その聖女は、一日に最大で二十回しか蘇生魔法を使用できない。

このことは聖都を防衛する兵士たちの中でも一部の者しか知らない事実だが、防壁責任者はそれを知っていた。だからこそティナの言葉を信じられずにいた。

「貴方は倒れている皆さんを安全な場所に運んでください。まだ息がある人もいます」

「し、しかし魔物が」

部下を蘇生してくれるというティナの言葉を信じる信じないにかかわらず、少なくともまだ辛うじて生きている部下たちをこの場から移動させるのは賛成だ。

しかし周囲にはまだ多数の魔物が飛行している。今は指揮官である魔人が倒されたことで統制が取れていないが、部下たちを移動させている間、こちらを放置しておいてくれる保証などなかった。

「大丈夫です。魔物は私たちが倒しますから」

防衛責任者はティナの『私たち』という言葉に疑問を持ったが、直ぐにその意味を知ることとなった。突如、空を飛んでいた魔物たちが吹き飛ばされたのだ。まるで巨大な壁が高速で飛んできたかのように、付近を飛行していた魔物十数体がまとめて吹き飛んでいった。

「ハルトの技を真似してみたにゃ！」

防衛責任者がその声がしたほうを見ると、オレンジ色の髪をした獣人族の女の子が軽い足取りで歩いてきていた。メルディが魔力を固めた巨大な拳を作り出して、それで魔物たちをまとめて殴りつけたのだ。

「メルディさん、ナイスです」

「どーもにゃ！　もーすぐリファが兵隊さんたちを連れてくるにゃ」

「そうですか。では、私たちは下に降りて敵を迎え撃ちましょう。空は彼女たちに任せておけば大丈夫です」

「りょーかいにゃ！」

メルディとティナの会話を聞いていた防壁責任者は自分の目を疑った。ふたりが防壁の上から聖都の外側に向かって飛び降りたのだ。

光弾を放たなくても聖都に夥しい数の魔物が向かってきているのを確認できる。魔物たちの進軍で地鳴りがする。およそ千の魔物が聖都を蹂躙しようと向かってきているのだ。

先程までここを襲っていた魔物たちはアレの先遣隊なのだろう。それですら全てCランクの魔物だった。ならばあの本隊にはBランクやAランクの魔物がいるかもしれない。

更に先程倒した魔人で最後とは限らない。あの本隊のほうにも複数の魔人がいる可能性があった。千の魔物と複数体の魔人で構成された最悪の敵。そんな敵軍を前にして、ティナたちは躊躇わず防護壁の外に出たのだ。

「そ、そんな」

いくら英雄ティナといっても、あれだけの敵を相手に戦い続けられるわけが無い。いずれ消耗し、疲弊して魔物に蹂躙されてしまう。女ふたりだけで戦わせるわけにはいかない。西側防壁の責任者は倒れている兵士の剣を取って歩き出した。どれほど英雄の力になれるかは分からないが、せめて彼女の盾になろう。彼も防壁の下に降りて戦うつもりでいた。

「下はティナ様とメルディさんに任せておけば大丈夫ですよ。貴方は休んでください」

防壁を降りる階段の手前で、彼はとても綺麗な声に止められた。ティナ同様、戦場に似つかわしくない美しいエルフがそこに立っていた。彼女の背後にはこの聖都を守護する兵士や、聖騎士たちが並んでいた。

「あ、貴女は？」

「私はリファ＝エルノールです。訳あってこの聖都守備部隊の指揮権を聖女セイラ様からお預かりしています」

そう言ってリファがセイラから預かったレイピアを見せた。


聖都サンクタムを統治するイフェル公爵こそが聖都の最大の敵——悪魔グシオンだった。更にイフェル公爵に次ぐ権力を持つ神官たちもグシオンに洗脳されていた。聖騎士団を率いるエルミアも未だ行方不明だ。つまりこの聖都の守備部隊や聖騎士たちを指揮する者がいなかった。聖女であるセイラがそれらを指揮することは可能だったが、彼女はグシオンに聖女の力をほとんど奪われていたため今は魔物と戦える力がなかった。

しかし守備部隊を率いる者がいなくては聖都が蹂躙されると危惧したセイラは、町娘ほどのステータスしかないにもかかわらず戦場に出ようとした。

それをリファが止めた。セイラの代わりに自分が指揮を執ると提案したのだ。リファはエルフの王国の第二王女。彼女はアルヘイムにおいて小規模な軍の指揮権があり、実際に部隊を率いて魔物の群れを討伐した経験もあった。

ちょうどその頃、大神殿での異変を察知した聖騎士たちがやってきた。聖騎士たちへの現状の説明や、どうしても自分が指揮を執ると言い張るセイラの説得に時間がかかったが、最終的にはリファが前線に出て、セイラは住人たちの避難の指揮に回るということで折り合いがついた。

いざという時のためセイラには四人の聖騎士とヨウコ、ルナがついていくことになった。リファはその場に居合わせた聖騎士に聖都守備部隊の兵士たちの説得を手伝ってもらい、戦える者たちを集めながら西側防壁までやってきたのだ。

「守備部隊の方は倒れている人たちを救護所まで運んでください。聖騎士の皆さんは防護壁上に展開を！」

リファの指示に従い兵士たちが魔物に倒された者たちを運び、聖騎士たちは防護壁の上に広がっていった。

「ティナ様たちが討ち漏らした魔物だけを狙えば大丈夫です。くれぐれも無理をしないでください。ここを、聖都を守りましょう!!」

「「「おおおぉぉぉぉぉぉ!!」」」

聖騎士たちの士気は高かった。美女エルフの檄を受けたというのもひとつの理由ではある。しかしそれだけではなかった。幻覚や洗脳魔法に長けた九尾狐という種族のヨウコが、聖都全域に洗脳魔法をかけていたのだ。

逃げる住人たちの恐怖を軽減して混乱を防ぎ、千の魔物と対峙する聖騎士たちに勇気を与えて手足の震えを止めていた。魔物の恐怖とは無縁だった聖都が突然、魔物の大軍に襲われた。本来であればもっと大きな混乱が起きてもおかしくなかった。ヨウコの陰の働きで、聖都は『戦える街』へと変貌を遂げていた。

一方その頃、ハルトは竜人の里に転移していた。聖結界を発生させるクリスタルを修復するため、竜の巫女であるリュカに協力を仰ぐつもりだったのだ。

ハルトはいざという時のため、クラスメイト全員に転移用の魔法陣を張り付けた何らかのアイテムを手渡している。ティナやリファなど家族にはブレスレットを。ルークとリューシン、リュカにはそれぞれが希望するアクセサリーに魔法陣を張り付けてプレゼントしていた。

魔人の襲撃を受けるなどの問題があったとき、その魔法陣に魔力を通せばハルトを呼べるようになっているのだ。今回ハルトはそれを利用して、リュカのそばに転移した。


——＊＊＊——


俺はリュカのもとに転移することができた。ひとつ誤算だったのは、彼女が風呂に入るときもネックレスを身に着けたままにする習慣があったこと。

「えっ？」

魔法陣を張り付けたネックレスのそばに転移した俺は、入浴中のリュカの目の前に飛び出してしまった。転移した先は広い露天風呂で、一糸まとわぬ姿のリュカがそこにいた。

「ハ、ハルト、さん？」

固まる俺。顔を真っ赤に染めるリュカ。そして繰り出される白い鱗で覆われたドラゴンの尾による攻撃。突然風呂場に侵入してきた俺を、リュカが外まで突き飛ばそうとしたのだ。

彼女の攻撃で外まで飛ばされれば良かった。でも俺はステータスが《固定》されているせいでノックバック効果を受けない。避けることもガードもしなかったが、リュカの攻撃で俺がダメージを負うこともその場から動かされることもなかった。

「なっ、なんで!?」

結構強めに叩いたつもりなのだろう。俺が微動たりともしなかったことにリュカが驚く。

部分竜化して尻尾を出現させたことで、リュカの身体はいろんな部分がドラゴンの鱗で覆われていた。そのおかげで直視してもいいかなと思える姿になっている。とはいえ全裸であることに変わりはないので、かなり色っぽい。竜娘って、なかなか良いなとか考えてしまう。

でも今はそれどころではない。

「リュカ、ごめん！　時間がないんだ。とりあえず俺と一緒に来てほしい!!」

「い、いきなりそんなこと言われましても」

その時、風呂場の扉が勢いよく開いた。

「リュカ！　大丈夫か!?　何が――って、ハルト？」

リューシンが風呂場に飛び込んできた。コイツら、一緒に住んでるのか？　やっぱり付き合ってるのかな？　いや、既に夫婦って可能性も……。そんなことを考えていた。

「なんでアンタまで入ってきてるのよ!!」

「へぶしッ！」

リュカは俺を殴った竜の尾で今度はリューシンを殴り飛ばした。情けない声を上げながら、リューシンは家屋のほうへと吹き飛んでいった。

「あ、私が弱体化したわけではないのですね」

「えっと、ふたりは一緒に住んでるんだな。なんか、ごめん」

もしふたりが付き合っていたり夫婦だったりしたら、リュカの入浴中に突然現れた俺はリューシンに殴られても仕方ないと思う。殴られたとしても俺はダメージ受けないのだ。

ちょっと申し訳ない。

「何か誤解していませんか？　私とリューシンは姉弟ですよ」

「そーなの？」

「ええ。それから竜の巫女には家族以外の異性で身体を見せていいのは、夫だけという竜神様がお決めになったしきたりがあってですね……」

「えっ」

なんかヤバいことをしてしまった気がする。

「ちなみに、そのしきたりを守らないとどうなるの？」

「竜の巫女としての力を失います」

「そ、それっていつから!?」

「もう失っていると思います。……ほら、リザレクションが発動しません」

リュカが手を掲げて魔法を発動しようとしているが、魔力が集まるだけで何も起きなかった。

「回復系の力を失ったのは残念ですが、ドラゴノイドとしての力は残っているので問題はないです」

リュカは部分竜化もできたし、リューシンを吹き飛ばすほどの力も健在だった。しかしそれでは困る。

「今、聖都が悪魔に襲われてるんだ。聖都を守る結界を発生させるクリスタルを直さなきゃいけない！　何とかして竜の巫女としての力を取り戻せないかな？」

「そ、そうなのですか？　えっと、ですね……。竜の巫女の力を取り戻すには、私の身体を見た異性が夫になればいいのです。つまり私がハルトさんと結ばれれば」

「……はい？」

「ハルトさんは聖都を救いたいのですよね？　そのために私と夫婦になるのは、嫌ですか？」

リュカが少しうるんだ瞳で不安そうに尋ねてきた。俺はこの世界に来て、だいぶ感覚が麻痺しているのだろう。既に何人も嫁がいるのに拒む気が起きない。

「嫌ではないよ」

むしろ竜娘、最高だよねって感じです。

「だけど、リュカは俺でいいの？」

「元々、竜の巫女はできるだけ強い男性と子をなさなくてはならない定めがあります。本来であれば里一番の強者と結ばれるのですが、今はそれがリューシンなんですよね。そして彼以外の未婚者はみんな、私より弱いんです」

さすがに姉弟で結婚することはないらしい。

「里の強者と結ばれないのであれば、竜の巫女は外界で強者を探さなくてはいけません。そのために私は世界最高と言われるイフルス魔法学園に入ったのですけど……。ハルトさんなんです。私が出会った中で、一番の強者は」

リュカが近づいてきた。

「唐突かと思われるかもしれませんが、私はずっとハルトさんのことを狙っていました」

そう言ったリュカが目を閉じ、唇を差し出してくる。キスしちゃえばいいのだろうか？

……いいんだよな？

また勝手に嫁を増やしたってリファに怒られそうだ。ティナはなんだかんだ許してくれると思う。ルナはどうだろ？　夜一緒に寝る機会が減って寂しがるかもな。ヨウコも文句を言ってきそうだ。んー、そろそろ真剣に分身魔法を覚えるべきかな。

そんなことを考えつつ、俺はリュカの肩に手を置いた。ティナやリファたちと毎日キスしていても、ただのクラスメイトだった女の子と初めてキスするのは緊張する。俺はリュカの唇に軽く触れた。

リュカから離れる。彼女は頬を染めながら俺を見ていた。

「ふふふ、これで私は今からリュカ＝エルノールですね」

「よ、よろしく。竜の巫女の力は戻ったかな？」

「試してみますね！」

リュカがそばに転がっていた魔石に手をかざす。彼女がリューシンを殴った時、この露天風呂にお湯を流していた魔石が壊れていた。それがリュカのリザレクションによって一瞬で修復された。

「大丈夫みたいです」

「おぉー。良かったぁ」

モノの修復もできてしまうのが竜の巫女であるリュカが使うリザレクションの特徴だ。竜の巫女としての力が戻ったということは、本当に俺はリュカと結ばれたってことらしい。両者同意の元のキスだけで夫婦になったと認められちゃうんだ……。神様の加護って、よく分からないけどなんか凄い。

それからこの瞬間、魔法学園の俺のクラスにいる女の子たち──先生を含めると八人もの女性と俺は何らかの関係を結んでしまったことになる。成り行きって恐ろしい。それで良いと考えちゃう俺は、一夫多妻制が一般的なこの世界にだいぶ馴染んできたんじゃないだろうか。

「これで早速、旦那様のお役にたてますね。さ、聖都へ急ぎましょう」

そう言いながらリュカは全身の鱗を器用に変化させて、まるで服のようなモノを作り出した。どうやらリューシンより彼女のほうが部分竜化の技術が高いらしい。

「それって竜の鱗を纏ってるだけで、ようは全裸でしょ？　その、できれば服を着てほしい」

俺の妻になったリュカの身体を他の男に見られるのは嫌だった。

「あっ。そ、そうですよね。すぐに服を着てきます！　ハルトさんはリューシンを起こしてもらえますか？　義弟になるんですから、彼も旦那様のために働かせましょう」

リュカは家屋のほうへと走っていった。

そうか俺、リューシンの義兄になるのか……。


――＊＊＊――


妻になったリュカと義弟になったリューシンをつれて聖都まで転移して帰ってきた。ただ、少し様子がおかしい。大神殿にみんながいなかった。

「なぁ、ハルト。いきなりつれてこられて俺、わけが分かんないんだけど」

リューシンはリュカに殴られた時のショックで短期の記憶を失っていた。リュカが入浴している場に俺がいたことなどを完全に忘れているようで、彼の記憶にあるのは壊れた家屋の瓦礫に埋まっていたのを俺に引っ張り出されたところからだった。

ちなみにリューシンにはリュカと結婚したことをまだ教えていない。話がややこしくなりそうなので、聖都の騒動が落ち着いてから話そうとリュカとふたりで決めていた。

「リューシン、ここは聖都サンクタムだ。ここに悪魔と魔人、それから大量の魔物が攻めてきている。力を貸してくれ」

「おぉ、悪魔がいるのか！　完全竜化をできるようになってから全力で戦うチャンスがなかったからな。俺が殺ってもいいの？」

　今のリューシンは魔人に負けた一年生の頃とは比べものにならないほど強くなっていた。更に完全竜化を会得したので、序列十一位程度の悪魔に後れを取ることはないだろう。

「あぁ、お前が悪魔を見つけたら倒してもいい。だけどまずはみんなと合流しよう」

なんだか胸騒ぎがする。悪魔にはかなりダメージを与えたし、魔人が魔物を召喚するペースはそんなに早くなかったはずだ。

　悪魔は配下に十体の魔人がいて、千の魔物を率いてくると言っていた。ならば十体の魔人が全員魔物を召喚できたとしても、それぞれが百体ずつ魔物を呼び寄せる必要がある。ティナの魔力探知によると、魔人が一体の魔物を召喚するのに五秒から十秒ほどかかっていた。だから少なくとも十分は猶予があると思っていた。

　大聖堂の外が騒がしい。どうやら住人の避難が始まっているようだ。

　時間がない。ちょっと急ごう。

「リュカ、ちょっとこっちにきて」

　悪魔に破壊されたクリスタルの所までリュカを連れていく。

「これが聖都を護る結界を発生させていたクリスタルなんだけど、悪魔に壊されたみたい。これを直せる？」

「大丈夫だと思います。でもさすがに大きすぎて、完全に修復するには魔力が足りません」

「もちろん魔力は渡すすよ。いくらでも使って」

「分かりました」

リュカが俺の手を握ってきた。軽く触れるだけでも魔力は渡せるのだが、彼女は指を俺の指に絡ませてくる。恋人つなぎってやつだ。

「私の魔力が半分くらいまで減ってきたら、適量の魔力を送り込んでください。私の魔力量を一定に保っていただけると魔法の発動に集中できるのですけど……。ハルトさんならそういうの、できますよね？」

リュカに頼られている。信頼されている。ちょっと嬉しい。

「もちろん。まかせて！」

「えっ、何？　お前らいつの間にそんな仲良い感じになったの？」

「集中するのに邪魔だから、リューシンはちょっと黙ってて」

「ご、ごめん……」

哀れリューシン！

「では、いきますね」

「うん。いつでもいいよ」

リュカの身体がぼんやりと光り、全身の竜の鱗が少しずつ大きくなる。それと同時にリュカの魔力量が増大した。リュカが俺と繋いでいないほうの手をクリスタルにかざす。

「リザレクション！」

相変わらず凄い魔法だ。まるで時を巻き戻すかのように、クリスタルが修復されていく。クリスタルの十分の一くらいを修復した時点でリュカの魔力量が半分くらいになったので、繋いだリュカの手から魔力を送り込む。彼女の魔力量を一定に保つよう心がけた。

クリスタルには大小様々なヒビが入っているので、修復箇所によって消費される魔力量が変わる。リュカの集中力を維持するため、クリスタルの傷を見ながら消費される魔力を予測して彼女に魔力を送っていった。

数分でクリスタルは元の姿に戻った。

「ふぅ……。できました！」

「さすがだね。リュカ、ありがと」

「えへへ」

頑張ってくれたリュカの頭を撫でてあげると、嬉しそうに笑顔を見せてくれた。

「ハルトさんが私のお願い通りにしてくれたからです。すごく心地いい魔力でした」

「それは良かった」

「お前らって……。もしかして最近、俺の知らないとこでなんかあった？」

あっ、リューシンがいるのを忘れてた。

「リューシン。私はまだ喋っていいって言ってない」

「えっ」

リュカに睨まれてリューシンが身体を硬直させていた。リューシンのほうが力も魔力も強いんだけど、やっぱり弟って姉には敵わないんだな。

そんなことを考えながら、俺はクリスタルに手を触れた。聖属性魔法を充填させて聖結界を発動させるんだ。どれくらい送り込めばいいのかな？　入れすぎてクリスタルが破壊されては困るので、ちょっとずつ送ることにした。

「とりあえず十万くらいにしとくか」

十万の魔力を送り込んだ瞬間、クリスタルが激しく光り聖結界が展開された。

「えっ」

「これが聖結界ですか？　さすがハルトさんですね」

「あ、あぁ……。うん」

まさか十万で足りるとは。いきなり百万とか送り込まなくて良かった。とにかくこれで聖都は魔物から護られるはずだ。残る問題は魔人と悪魔。俺はリュカとリューシンをつれて、悪魔が魔人を呼び寄せた西側の防護壁まで移動することにした。

西側防護壁の下まで来た時、目の前に信じたくない光景が広がっていた。

「そ、そんな……」

聖都を護る兵士たちの亡骸が横たわっていたのだ。その数、およそ五十人。彼らは聖結界が消えてすぐに攻めてきた魔物と魔人たちによって殺されたのだと、近くにいた聖騎士が教えてくれた。

頭から血の気が引いていく。彼らは俺のせいで死んだ。俺が悪魔を逃がしたせいだ。奴らが攻めてくるのはもっと時間がかかると思い込んでいた。

どうしてあの時油断した？　どうして炎の騎士を防衛に残さなかった？　どうして先に悪魔を倒してからリュカを呼びにいかなかった？　どうしてこうなった？　……全部、俺のせいだ。

「ハルトさん、大丈夫ですか？」

リュカが心配してくれた。それが余計に俺を苦しめる。

「お、俺の。俺のせいで、彼らが死んだ」

「えっ？」

「俺が悪魔を逃がしたせいだ。俺が、油断したから」

悪魔を相手に油断や過信をしてはいけないと分かっていたはず。それなのに俺はミスを犯した。俺のせいだ。

「ハルトさん！　だ、大丈夫です。彼らは私が蘇生させますから。だから、気をしっかり持ってください!!」

分かってる。リュカがいれば、死んだ兵士たちはみんな生き返る。でも違う、そうじゃない。

死ぬって怖いんだ。痛いんだ。俺も死んだことがあるから分かる。きっとここに倒れている兵士たちは怖かっただろう。すごく痛かっただろう。死んですぐに転生させられた俺より、彼らはずっとずっと強い恐怖を感じたかもしれない。それらは全部、俺のせいだ。

俺は、俺のせいで人が死ぬのを初めて体験した。俺に敵対したのなら、それを殺すことは仕方ないと思う。殺らなければ殺られる――ここは、そういう世界だ。

じゃあ今、俺の目の前に倒れている兵士たちは？

俺の敵じゃない。彼らは聖都の住人たちを護ろうとしただけだ。俺が逃がした悪魔から。

「リュカ、彼らの蘇生をお願い」

「は、はい！」

「それからリューシン」

「お、おう。なんだ？」

「悪魔は、俺が殺る」


――＊＊＊――


「これは……。なにやらヤバそうじゃ」

空気を震わせるほどの魔力が聖都中に広がっていた。その魔力からは怒りの感情が読み取れる。

「ヨウコさん。これって、もしかして」

「うむ。主様の魔力じゃ」

「こ、この空気を震わせている魔力が、ハルト様個人のものだというのですか!?」

「恐らくな。なぜ主様がこれほどまでお怒りなのかは知らぬが、避難はもう不要じゃ」

ヨウコはルナとともに、セイラの護衛として聖都の住人たちを避難させようとしていた。その途中で聖結界が復活したので、避難をやめるべきか悩んでいた。

魔物の大軍が攻めてきている西側防護壁とは反対の東側の門から住人たちを逃がそうとしていたのだが、聖結界が張り直されたのであれば外に逃げるより聖都に留まったほうが安全だ。

そもそも住人たちを避難させようとしたのは、ハルトが帰ってくる前に魔人や魔物が聖都への侵攻を開始したから。しかし彼が帰ってきたのであれば聖都から逃げる必要などない。ハルトのそばにいるのが最も安全なのだから。

「聖結界が張り直されたのも信じられませんが、ここまでの魔力をたったおひとりで」

「主様ならこれくらい当然じゃな」

「ですね。ハルトさんですから」

「あの……。ハルト様は昔、この世界を救った守護の勇者様なのですよね？」

「我はあまり詳しくは知らぬが、そのようじゃ」

「ハルトさんは創造神様に転移させられて、この世界にやってきたことがあるそうです。セイラさんが昔お会いしたのは、そのハルトさんですね」

ハルトは家族全員に転移してきて勇者として活動した当時の話や、五歳児の肉体に転生して今に至ることまで全てを話していた。

しかしヨウコは転生だの転移だのといった話に疎くハルトの話の途中で寝てしまったため、セイラに聞かれても答えられなかった。そんなヨウコに代わってルナがセイラに説明した。

「なんにせよ、主様が帰ってきておるのだからここはもう安全じゃ」

「そうですね。ただ……」

「なぜここまで主様がお怒りなのかが分からぬのじゃ。魔物の進軍を止めにいったティナやメルディがあの程度の悪魔やその配下の魔人に後れを取るなど考えられん」

ヨウコはそっと周囲に漂うハルトの魔力に触れる。九尾狐である彼女は他人の魔力を吸い取る能力の他に、触れた魔力からその者の感情を読み取ることにも長けていた。ハルトの魔力は後悔と怒りで満ちていた。

「いったい、何があったのじゃ」


――＊＊＊――


西側防護壁の上空では聖結界が張り直されるまで、マイとメイが飛来する魔物たちを撃墜し続けていた。精霊である彼女たちにとって空を飛び回ることは容易く、やってくる魔物たちも精霊王級の存在となったふたりの敵ではなかった。そして聖結界が張り直された数分後。

「――っ!?」

「メ、メイも感じた？」

「うん。ハルト様が怒ってる」

聖結界の外を飛行しているふたりのところにもハルトの魔力が伝わってきた。

「ティナ先生は？」

「無事」

「メルディさんは？」

「大丈夫」

地上ではティナとメルディが千の魔物を相手に暴れていた。千体いた魔物は既にその数を半数以下まで減らしている。

「じゃあ、なんで？」

「分からない。けど、ちょっと嫌な感じ」

「うん。何がハルト様を怒らせたんだろ？」

「んー」

「『悪魔、かな？』」

「多分そうだよね」

「悪魔倒したら、ハルト様の機嫌直るかな？」

「倒す？」

「うん。私たちで倒そ」

空を飛ぶ魔物は既に全て狩り尽くした。ふたりは魔物の大軍の後方にある悪魔のものと思われる魔力のもとへと移動しようとした。

「貴様ら、よくも我が配下の魔物を!!」

マイとメイの前に一体の魔人が現れた。飛行系の魔物を配下に持つ魔人が、その配下を全て倒されたことに腹を立ててやってきたのだ。

「「邪魔です」」

「つぐう!?」

氷の刃が魔人の右手を斬り刻み、炎が魔人の左手を灰に変えた。

「久しぶりにアレやる？」

「うん。やろう」

精霊体のふたりが手を繋ぐ。

「「ユニゾンレイ!」」

相反する属性魔法の融合。通常であれば成立するはずのない魔法が、魔法を司る精霊に無理やり行使されたことによって、この世界に魔法として発動した。燃える氷が竜を形作り悪魔を襲う。その竜が魔人にふれた瞬間、地上を巻き込むほどの大爆発が起きた。

以前は中位精霊級だったふたりの魔法で魔法耐性の高いマホノームを倒せたのだ。マイとメイは今、精霊王級になっている。更にふたりの契約者であるハルトの心が乱れたことで、普段は無意識にかけている力の制限が外れていた。そんなふたりの力が完全に融合し、彼女たちの想像を遥かに上回る破壊が起きた。

魔法が直撃した魔人は一瞬で消滅した。聖結界はなんとか耐えた。そして地上にいた魔物たちは全て蒸発した。

――＊＊＊――


「こ、これは!?　メルディさん、こちらへ!!」

頭上でありえないほどの魔力の高まりを感じ、ティナは慌ててメルディを呼び寄せた。

「ヤバいにゃぁぁあ！」

メルディがティナの懐に飛び込んできた。それと同時にティナが魔法障壁を展開した。

直後、辺りを爆風が蹂躙した。魔物や周囲の地形が吹き飛んだ。魔物だったものが砂や小石と区別がつかぬほどにバラバラになっていく。その様子をティナとメルディは半透明の魔法障壁の中から見ていた。

ギリギリだった。――否、ティナの魔法障壁だけでは、この爆発を防ぎきれなかった。ティナとメルディが身に付けていたブレスレットから炎の騎士が出現し、ティナの魔法障壁の上に覆い被さるようにしてふたりを護ったのだ。そのブレスレットはハルトが家族全員に渡していたもの。

「これは……。マイさんとメイさんの魔法ですね」

「ウ、ウチらを殺す気かにゃ!?」

「直前にハルト様の魔力を感じました。酷く冷たい、何かに怒ってらっしゃるような魔力でした。恐らくそれが、ハルト様と召喚契約を結んでいる彼女たちに影響を与えたのでしょう」

数十秒後、爆風が収まった。

千体いた魔物は死骸も含めて全て跡形もなく消滅した。

――＊＊＊――

悪魔の居場所は分かっていた。その場所へ移動しようとした時、急激な魔力の高まりを感じた。マイとメイの魔力だ。

「――っ!?　まずい!!」

慌てて聖都を覆う聖結界に魔力を送り込んで強化する。クリスタルを介して俺の魔力で聖結界を発動させたので、それを強化したり特性を少し弄るくらいは可能になっていた。

その直後、聖都の五分の一ほどの範囲を巻き込む大爆発が起きた。なんとか聖結界で防ぐことができた。恐らく今のはマイとメイの融合魔法《ユニソンレイ》だ。

防護壁の外側には彼女たち以外にティナとメルディが出ていて、魔物の進軍を止めていたようだが――大丈夫みたい。ふたりの魔力を感じる。ティナとメルディは無事だ。

俺は彼女たちに渡していたブレスレットからそれぞれ炎の騎士が飛び出し、その後消滅したことを感じ取った。つまり炎の騎士がティナたちを守りきったが、受けたダメージが大きすぎて消えてしまったということ。炎の騎士が二体で二万の魔力の塊となる。その騎士が全力で防御してギリギリ。とんでもない威力の魔法だったことが分かる。

融合魔法からは怒りの感情が読み取れた。恐らく俺が悪魔に対して怒りの感情を持ったことで、俺と召喚契約を結んでいるマイとメイにも影響し、彼女たちは力のセーブができなくなっているんだ。

マイとメイが聖都やティナたちを巻き込むほどの魔法を狙って使用したとは思えない。さっきの大爆発も、たぶん俺のせい。

……ダメだな。冷静になろう。怨みや怒りの感情を極力抑えよう。そうしなければ俺と契約している精霊たちが暴走してしまう。

マイとメイだけではない。俺は九尾狐という魔族のヨウコとも主従契約を結んでいる。九尾狐は周囲の負の感情と一緒に魔力を取り込むことで、国々を滅ぼす災厄へと成長する。

ヨウコは今、俺とシロの魔力で満たされている。もし俺の魔力が怒りなどの負の感情で満ちれば、契約で繋がる彼女にも影響するだろう。そうなった場合、マイとメイのようにヨウコも暴走してしまう恐れがある。そんなことさせるわけにはいかない。

心を鎮める。防衛にあたっていた兵士を俺のミスで死なせてしまったことは申し訳なく思う。その原因を作った悪魔が憎いことも変わりない。でもそれで俺が心を乱してはダメだ。

俺が黒い感情にのまれれば世界が危ない。俺は自分の負の感情の高まりが家族に、そして世界に悪影響を及ぼすことを認識した。

「ファイアランス」

一体が一万ほどの魔力で構成された炎の騎士を五十体作り出した。

「お前たちはリュカの魔力が減ったら、彼女の魔力になれ」

倒れている五十人の兵士を蘇生するための魔力タンクにするつもりだった。炎の騎士たちがリュカの前に一列に並ぶ。

「リュカ、彼らをお願い」

「はい。おまかせください！　ハルトさん、お気をつけて」

「うん」

俺はティナのもとへと転移した。


ティナとメルディのすぐそばで、人化したマイとメイが泣いていた。

「ごめん、遅くなった」

「ハルト様。おかえりなさい」

「ハルト……。マイたちを慰めてほしいにゃ」

感情の昂りでティナとメルディを巻き込むような魔法を使ってしまったことを、マイとメイが後悔して泣いていた。

「『ハルトさま。わ、私たち……』」

ふたりはもしかしたらティナとメルディを傷つけていたかもしれないと気付き、自分たちの力を恐れていた。震えながら涙を流すふたりを抱き寄せる。

「違う。悪いのはマイとメイじゃないよ。俺の心が乱れたから……。でも、もう大丈夫」

今後は負の感情はできるだけ抑えよう。誰かが死んだらそれを悲しむのは仕方ない。後悔するのも止められない。しかしそれで俺が誰かに強い怒りの感情を持ってしまうと、最終的にはマイたちが苦しむことになる。

悲しみや後悔はヒトに行動を躊躇させる。どちらかと言うと弱い負のエネルギーだ。

一方で怒りや憎しみ、怨みはヒトを仕返しや復讐といった行為に駆り立てる原動力となる。怒りはとても強い負のエネルギーだ。

怒ってはいけない。怨んではいけない。もし誰かに怒りをぶつけるのなら、それは周りに敵しかいない時だけにしよう。

「ティナとメルディも、危ない目にあわせてごめんね。マイたちの魔力が暴走したのは俺のせいなんだ」

「私は大丈夫ですよ。ハルト様の魔法が守ってくださいましたから」

「ウチもにゃ。びっくりしたけど、マイとメイに怒ってるわけじゃないにゃ」

「「うぅ。ごめんなさい」」

「いいにゃ、いいにゃ」

「お前らがよくても、俺がよくないのだ」

黒く巨大な狼がそこにいた。その魔力は先ほど対峙した悪魔のものだった。この巨狼が悪魔の真の姿なのだろう。

「逃げなかったのか」

マイとメイの魔法で魔物はもちろん、全ての魔人も消滅していた。残るはこの悪魔一体のみ。

コイツが逃げることもあると考えていた。

まぁ、逃がさないけどな。悪魔の魔力は覚えたから、たとえ別大陸へ転移しようとも絶対に逃がさない。

もちろんコイツが俺たちに近づいてきているのも把握していた。不意打ちをしてこなかったので、完全な悪魔体にそれなりの自信があるのだろう。

「逃げる？　この俺が逃げるだと？　ふざけるな！」

悪魔の魔力が高まる。

「千年……。千年だぞ！」

「は？」

「俺が千年かけた計画を、貴様が──」

そこで悪魔の言葉は止まった。最後まで話に付き合ってやる必要性を感じなかった。悪魔は言葉巧みにヒトの心を惑わせる。悪魔と会話などするべきではない。だから斬った。

聖都を覆うほどに放出していた魔力を全て集め、その半分を魔衣に変えた。もう半分の魔力を聖属性に変えて覇国に纏わせ、ティナから教わった剣技で悪魔を両断した。悪魔のコアも完全に破壊した。

黒い砂になって悪魔の身体が散っていく。

以前の俺ならこれで終わりだと思ったかもしれない。でも俺は悪魔相手に油断しないと決めていたから気づくことができた。

悪魔は転生しようとしていたんだ。黒い砂の中に僅かながら悪魔の意思を感じた。悪いけどお前には、もう完全にこの世界から退場してもらうよ。

「ホーリーランス!!」

魔衣にしていた魔力と覇国に纏っていた魔力を全て注ぎ込み、過去最大級の光の柱をその場に撃ち込んだ。

悪魔を倒した。悪魔が転生する可能性も潰したし、悪魔が聖都に仕掛けていた魔法陣も破壊した。悪魔に娘がいたようだけど、それも俺の炎の騎士が倒したようだ。聖都に来た時から感じていた無数の邪神の気配も完全に消えているので、恐らくこれで終わりだ。そう思っていた。

「聖騎士団長が、エルミアがどこにもいないんです。ハルト様、お願いです。彼女を捜すのを手伝ってください！」

大神殿まで戻ってセイラに悪魔を倒したことを報告したら、彼女は少し安堵した表情を見せた後、すぐにエルミアを捜してほしいと頼んできた。エルミアもセイラや次期聖女候補のイーシャと同様、悪魔に拉致されている可能性があるという。

俺はセイラを助けて聖都まで一緒に来た時、彼女と別れる際に握手した。その時にセイラに転移魔法陣をこっそり張り付けていたから、悪魔から彼女を守ることができたのだ。

しかしその時、エルミアはなぜか俺を警戒していて握手に応じてくれなかったため、彼女には転移魔法陣を付けられなかった。だからエルミアが行方不明だと言われても、すぐに助けにいくことができない。

ティナにエルミアの魔力を探知してもらったが、この聖都内部にはエルミアの魔力を感じられないという。このことから、エルミアがティナの魔力探知の範囲外の場所に連れ去られている、もしくは魔力を打ち消す魔具で拘束されているか、最悪の場合は既にエルミアが殺されている可能性があった。悪魔にとって聖騎士はただ邪魔な存在だ。あまり考えたくはないが、三番目の可能性が一番高い。

彼女の聖鎧には転移の魔法陣を張り付けておいたのだけど、エルミアを拉致した悪魔が聖騎士の力を最大限発揮する聖鎧を着せたままにしておくことは考えにくい。

だとすると俺がエルミアの聖鎧の場所に転移しても、そこには誰もいないかもしれない。また悪魔が聖鎧を異空間などに捨てていれば、そこに転移した俺が死ぬ可能性もある。

でもエルミアを助けてほしいと涙目になりながら必死に訴えてくるセイラの頼みを断り切れず、俺はエルミアの聖鎧のある場所に転移してみることにした。

どこに行くことになるか分からないので、どんな場所に出てもできるだけ生命活動を維持できるような結界の数々を身体の周りに張っていく。俺はステータスが固定されているのでよっぽどのことが無い限り死ぬことはないと思うけど過信は良くない。

転移先で死んだ場合も考慮し、俺が死んだら自動でリュカのもとに転移するような魔法陣を俺自身に張り付けた。こうしておけば最悪の場合でも、リュカに蘇生してもらうことが可能だ。

俺だってできれば死にたくはない。

こんなことならセイラに張り付けたような転移先の状況を把握できる魔法陣をエルミアにもつけておけばよかった……。あいにくエルミアに張り付けたのは、転移用マーカーとしての効果しかない魔法陣だった。

「どんな場所にエルミアがいるか分からないから、とりあえず俺だけで転移するよ。もしもの時は……リュカ、お願いね」

「は、はい！」

この場にはエルノール家の全員が揃っていた。最悪の場合、俺が死んで戻ってくるかもしれないとリュカに伝えて蘇生の件を頼んでおく。

「じゃ、行ってくる」

エルミアの聖鎧のある場所に転移した。そこは真っ暗な空間だった。状況が分からない。魔法で周囲を照らしてもいいのだが、それがどんな影響を及ぼすか分からない。魔法を発動することで、その場所が爆発するようなトラップもこの世界にはあるのだから。

まず魔視で周りを確認することにした。すぐ足元にエルミアのものと思われる聖鎧が転がっていた。それが思っていたより近くにあって、つい足に当たってしまい音が鳴った。

「だ、誰かそこにいるのか!?」

音に驚いたのか、女性が声を上げた。それはエルミアの声だ。声のしたほうを見ると、両手を上げた状態の誰かが立っているのが分かった。

魔視でギリギリ見える程度に魔力が制限されているようだが、声と魔力の波長から彼女がエルミアであることは間違いない。この距離でこれ程の魔力しか感じられないのなら、いくらティナでも魔力探知できなくても無理はない。

周囲を確認する。他に誰かいるわけではなさそうだが、警戒しながら彼女に近づく。

「だれだ!? や、やめろ。こっちに、来るなぁ！」

エルミアの声が震えていた。暗闇の中、近づいてくる俺の気配に恐怖している。怖がらせたいわけではないのだが、俺だって慎重に行動してるんだ。後で謝るから我慢してくれ。

何事もなくエルミアに手が届く場所まで移動できた。トラップらしいものはなさそうだ。この部屋で唯一特殊なのは、彼女の両手を拘束している手枷。これは魔力を吸収する効果がある魔具のようだ。これさえ壊せば彼女を解放できる。

よし。エルミアを助けよう。俺が周囲を照らす魔法を使おうとした時——

「そこで私を見ているのだろう？　た、たとえどんなことをされようと、私は絶対に悪魔には魂を売らない！　覚悟はできている。こ、殺すなら、殺せ!!」

涙声のエルミアがそう叫んだ。

惜しい。もーちょいで『くっ殺』だったのに……。

あっ！　このままエルミアの身体をまさぐれば『くっ殺』が聞けるんじゃね？　そんな悪魔の囁きが俺の中を駆け巡る。

……おかしいな。悪魔はついさっき俺が倒したはずだ。

少し冷静になる。泣きそうな女性に何かしようとするような趣味はない。

「安心してください。セイラの依頼で貴女を助けにきました」

手元に光の玉を出現させながらエルミアに話しかけた。

「お、お前は」

彼女は長い間この暗い部屋にいたことで目が暗闇に慣れてしまったようで、眩しそうにしていた。

「聖都の外でお会いした賢者のハルトです。今、拘束を外しますね」

エルミアの両手を拘束している魔具を覇国で破壊した。それと同時に手を吊られていることで体勢を維持していた彼女が俺のほうに倒れ込んでくる。それを慌てて受け止めた。

聖鎧を脱がされた彼女の上半身は胸部だけを薄い一枚の布が隠しているだけで、下半身は下着だった。そんな彼女の身体が俺に飛び込んできたんだ。

ふにゅん、と柔らかいものが俺の身体に当たる。

こ、これは……。ティナくらいあるのか!?

鎧姿のエルミアを見た時、けっこう大きいほうだとは思っていたがティナほどではないと思っていた。しかしこれは——もしかしたら彼女は、この豊満な胸を頑張って聖鎧に押し込めて日々戦っていたのかもしれない。

そんなことを考えながら、エルミアを抱きかかえたまま彼女の足の拘束具も破壊した。先に足のほうからやればよかったと少し反省する。

この部屋には腰の高さくらいの石の台があったので、その上にエルミアを寝かせた。

すぐにセイラたちのもとに連れ帰ってもいいが、セイラやティナたちの周りには聖騎士が数名いる。さすがにこの格好ではエルミアも恥ずかしいだろう。壊されていなさそうな彼女の聖鎧が打ち捨てられているので、それを着せてあげようと考えていた。

そのためにはまず彼女を回復させる必要がある。ずっと立った状態で拘束されていたことで体力が削られ、彼女の両肩は脱臼していた。それ以外に外傷はなさそうだが、魔力はかなり吸われていた様子。エルミアの両肩にヒールをかけながら魔力を送りこんでいく。

「す、すまない。でも私の回復なんていいんだ。聖女様が、セイラが危ない。悪魔がここにいるんだ。頼む。セイラを、助けて」

エルミアはそう言って気を失った。だいぶ無理をしていたのだと思う。

「大丈夫、セイラは無事です。悪魔も倒しましたよ」

聞こえてはいないだろうが声をかけておく。なんとなくエルミアの表情が柔らかくなった気がした。俺は回復を完了させてから聖鎧を着せて、彼女の安否を心配しているセイラのもとへと転移した。


「エ、エルミア！」

大神殿に転移したら、俺がエルミアを抱いていることに気付いたセイラが走り寄ってきた。

「大丈夫、気を失ってるだけだよ。魔力を結構奪われていたのと、両肩の脱臼。あとは疲労が酷かったけど、魔力と脱臼は回復させた。少し休めば目を覚ますと思う」

「あ、ありがとうございます。貴女たち、エルミアを医務室へ運んでください」

「はい、聖女様」

セイラの指示で聖鎧を纏った女性数人がエルミアを運んでいった。彼女たちも聖騎士なのかな？　エルミアとは違い、全身をしっかり守れるような鎧だった。あちこち見えてしまいそうなエルミアの聖鎧は、やはり彼女の趣味なのではないだろうか……。

「ハルト様。聖都を護ってくださり本当にありがとうございました。エルミアのことも、イーシャも。それに今、私がここにいられるのもハルト様のおかげです」

「うん。なんとか皆を護れてよかった。それより彼女のことが心配なんじゃない？　避難中に怪我した人がいたら俺たちが回復させるから、セイラはエルミアのところに行っていいよ」

聖騎士たちに運ばれていくエルミアをセイラが心配そうに見ていたのでそう言っておく。

「ですが……」

「ここは大丈夫だから。彼女のそばにいてあげて」

やはりエルミアが気になるのだろう。セイラは何度も頭を下げて、エルミアが運ばれていったほうに走っていった。

創造神様にダンジョン運営の交渉をしにきただけなのに、ここまで大事になるとは思わなかった。とはいえ聖都サンクタムに潜んでいた悪魔を倒すことができたし、昔の知り合いだったセイラを護ることができた。このタイミングで聖都に来ることができて本当に良かったと思う。

――＊＊＊――


ハルトが悪魔を消滅させて聖都を救った翌日。

「あっ、あの。リファさん」

リファがひとりで聖都を歩いていると、目元までフードを被った女性に声をかけられた。リファはその声に聞き覚えがあった。

「聖女様？　どうしてこんなところに……。何か私に御用でしょうか？」

「昨日は聖騎士たちの指揮をしてくださり、ありがとうございました。少しお時間よろしいですか？」

聖女であるセイラが護衛もつけずにひとりで自分を捜していたのだ。何か重要な頼みでもあるのかと身構えた。リファはセイラに連れられて聖都の大通りから一本裏に入った通りにあるカフェに入った。

「リファさん。ハルト様が、その……。い、一夫多妻とかに興味があるか、分かりませんか？」

「……はい？」

カフェのテーブル席に着くなり、セイラが切り出した言葉でリファの動きが固まる。

「実は私、百年前に世界を救ってくださった守護の勇者様をお慕い申しておりました。その方は――」

「ハルトさん、ですね」

「はい。守護の勇者であった彼が転生して、今のハルト様になられたとお聞きしました。転生されているのですが、その。私はやはり彼に惹かれてしまって」

「ハルトさんのことが、好きだと」

「……はい」

「だけど彼が既にティナ様と結婚しているので気になる。そういうことですね？」

「そ、そうなのです。リファさんはハルト様と御学友だと聞いております。学園での様子などから、彼がそういうのに興味があるか分からないでしょうか？」

聖都の外で魔人に襲われていたセイラを助けて聖都まで一緒に移動する時、ハルトとその家族は全員がセイラやエルミアに対して自己紹介をした。しかしティナ以外は家名を名乗らなかった。だからセイラはリファの家名を知らない。彼女がハルトの妻のひとりであることを知らないのだ。

「ハルトさんが複数の女性と付き合う可能性があるか――つまりハーレムを受け入れるか知りたいということですね？」

「その通りです」

ここで少しリファは悩んだ。セイラに真実を伝えれば、彼女はハルトに告白するだろう。

リファから見てもセイラは美人だ。そしてハルトは来るもの拒まず家族を増やす。それでも彼にとってティナが一番であることは揺るぎないようで、彼は毎晩必ずティナと一緒に寝る。残りの家族は交代でティナがいない側——ハルトの右側で寝るのだ。

聖都に来る前でも、その右側をローテーションする人数は六人もいた。リファとルナ、ヨウコ、マイ、メイ、メルディだ。この世界の一週間は六日間なので、週に一度はハルトと寝られたのだが昨日、そこにドラゴノイドのリュカが加わった。

聖都を護る聖結界を発生させていたクリスタルを悪魔に破壊されたので、それを直せるリュカをハルトが呼びにいった。彼が帰ってきた時、リュカが家族に加わることが決定していた。

ハルトの言い分では転移した時にリュカの裸を見てしまい、竜の巫女としての力を失わせてしまったため、彼女の力を取り戻すためにもリュカと結ばれる必要があったのだとか。リュカも満更でない感じ、というよりむしろ嬉しそうな感じだった。

ティナ以外の妻たちは、彼と寝られる日のことを『ハルトの日』と呼んで毎週楽しみにしていた。もちろんハルトはそれを知らない。リュカがエルノール家に加わったことで、週に一度の『ハルトの日』が毎週来るとは限らなくなったのだ。

そこにセイラも加わることになれば……。

リファは激しく葛藤していた。自分が認めた男性なので、多くの女性が彼に惹かれるのも悪い気はしない。自分の目が確かであったと確証を持てる。だからハルトが女性にモテるのはちょっと嬉しい。でも大好きなハルトと寝られなくなるのは、とてもさみしい。

少し悩み、リファは決心した。

「聖女様――いえ、セイラさん」

「は、はい！」

「自己紹介の時、私は家名を名乗りませんでしたね。私は今、リファ＝エルノールって名前なんです」

「えと、それって」

「私もハルトさんの妻です。つまり彼はハーレムに興味があるということ。というかハルトさんは既にハーレムを作っています」

リファの言葉を聞いたセイラの表情が、ぱあっと明るくなる。

「ちなみに聖都に来る時、ティナ様と私を含めて七人の女性がセイラさんと一緒の馬車に乗りましたね？」

「は、はい。みなさん、とても綺麗な方ばかりで」

「あれは全員、ハルトさんの妻です」

「えっ!?」

彼と結婚したわけではない者も含まれているが、説明が複雑になるのでリファは全員がハルトの妻だと言い切った。

「それから昨日、またひとり家族が増えました」

「も、もしかしてそれは、竜の巫女の」

「その通りです。竜の巫女と呼ばれているリュカさんです」

　セイラは驚きすぎて固まった。

　とりあえず説明はした。なんだかんだで、セイラもエルノール家に加わることになるだろうとリファは考えた。

　ハルトの周りには女性が集まってくる。この聖都で増える家族がリュカとセイラだけとは限らない。正式に結婚している自分は優遇されるなどと慢心しているわけにはいかない。最近はリファも普通にローテーションに組み込まれ、週に一度しかハルトの日が来なくなっていたのだから。

　ハルトの周りの女性はどんどん増える。放置すればハルトの日が来なくなるかもしれない。そんなのは耐えられない。では、どうするか？　リファにはとある考えがあった。

「あの、セイラさん。分身魔法ってご存知ですか？」

　ここからリファの『ハルトを増やそう計画』が秘密裏にスタートしたのだ。

07

創造神の祝福

LEVEL 1 NO SAIKYO KENJYA

聖都サンクタムを統治していたイフェル公爵が悪魔だった。それを倒してしまったので聖都は慌ただしくなった。統治していた人物が突然消えたため、人々が不安になって騒ぐのも無理はない。

神事を取り仕切る五人の神官たちがイフェル公爵の次に権力を持っていたのだが、彼らは悪魔によって魂を奪われ、完全な傀儡にされていた。悪魔が消滅した時、神官たちも塵となって消えてしまったようだ。

次に権力を持っていたのはセイラだった。彼女は聖都の住人からの人気も高かった。聖都を統治する者が不在であることに気付いた住人たちが、これからはセイラに聖都を統治してほしいと大神殿に押しかけてきた。

セイラにどうしたいか聞いたところ、二百年も休まず働いてきたのでそろそろ静かに暮らしたいらしい。加えて悪魔に聖女としての力を奪われたため、人々に頼りにされても力になれないことが心苦しいとも言っていた。

俺としてはセイラの願いを叶えてあげたいと思う。彼女が住人の前に顔を出すと住人たちが余計に騒ぎそうだったので、俺が取り次ぐことにした。俺はグレンデールという大国の伯爵令息だし、体力を回復して歩き回れるようになった聖騎士団長のエルミアが同伴してくれたことで住人の説得はなんとかなった。

まず大神殿の中に詰めかけた千人を超える住人たちには一旦外に出てもらい、聖都の各地区の代表者だけ改めて中に入ってきてもらうことにした。聖都の東区、西区、南区、北区の代表者四人を連れて、大神殿に併設された応接室にやってきた。そこで聖都の現状を確認し、次の統治者を誰にすべきか話し合う。

「私どもとしては、セイラ様にこのサンクタムの統治をしていただきたいのです」

聖都東区の代表者が住人たちの意見をまとめて発言をした。

「二百年も我々を見守り、救いを与えてくださったのはセイラ様です。彼女は我々の心の支えなのです」

「たとえ聖女としてのお力を失われていようとも、私たちがセイラ様を敬う気持ちはいっさい変わりません」

ほかの地区の代表者たちもセイラの統治を望んでいる。

「しかしセイラ様がお休みになりたいと思われるのであれば……。その願いを叶えて差し上げたいという気持ちもあります」

代表者たちも悩んでいるようだ。

「セイラは内政にほとんど関わっていなかったと聞きました。仮にセイラがここを統治することになったとしても、実務を取り仕切れる人が必要だと思うのですが……」

「その点はご心配なく。ヤン子爵がなんとかしてくださるはずです」

「ヤン子爵？」

ちょうどその時応接室の扉が勢いよく開き、目が細くて少しやつれ気味の男性が飛び込んできた。

「す、すみません。聖都のこ、今後を決める大事な会議だというのに遅れてしまい、もも、申し訳ございません」

子爵だというが、やたら腰の低い男だった。

「ハルト様。こちらがヤン子爵です。イフェル公爵は主に内政を取り仕切り、外部との交渉等はほとんどヤン子爵がやっておりました」

悪魔は多才だ。ヒトの欲望を満たして契約の代償としてその魂を奪うために非常に多くの能力を持っている。そのため悪魔であったイフェル公爵は優れた統治者であっただろう。とはいえ、ひとりでひとつの都市を管理できるかと言われれば厳しい。だから優れた補佐役がいるはず。俺はその人に次の聖都の統治者をやってもらえばいいと考えていた。それが俺の目の前にいる頼りなさそうな子爵だという。少し不安になった。

「ヤン子爵、はじめまして。ハルト＝エルノールと申します。グレンデール王国のシルバレイ伯爵家三男です」

「おお、お聞きしております。こ、この度はサンクタムを、す救っていただきき、ああありがとうございますす」

この人、本当に大丈夫かな？　不安が大きくなった。

「人前に出ると少しアレなのですが、外交の腕は確かです」

東区代表者が小声で教えてくれた。人前で喋れないのに外交が上手くいくのだろうか？

「彼は文書を作るのが上手く、手紙のやり取りだけで世界中の国々から多額の寄付金を得ています。その寄付金はサンクタムの貴重な収入源なのです。加えて彼は内政面でもイフェル公爵を十分に補佐しておりました」

俺の疑問に気付いた東区代表者がそう補足した。

サンクタムに住む労働者の多くは聖都の維持管理に関する職に就いている。大神殿の清掃を行う者や、聖都を守るための兵士など。中でも最も多いのは観光業に携わる者たちだという。遠方から聖女に癒しを求めてやってくる人々の滞在を受け入れる宿屋がサンクタムの主な外貨獲得手段だった。

しかしそれだけでは公共事業を充実させる税収にはならない。そこで必要になるのが外部からの寄付金だ。観光業以外にほとんど産業がないサンクタムの住人がそれなりの生活水準を保てているのは、ヤン子爵の手腕に因るところが大きいということだろう。

同時に住人の代表者たちがセイラを統治者にしたい理由も分かった。ヤン子爵では華がない。人々の羨望を集めるマスコット的存在が必要なんだ。それがセイラだということ。

彼女が表舞台に立ち、実務はヤン子爵が行う。それが住人の代表者たちが思い描いた聖都の理想的な姿だということ。

実務ができる人物がいるのであれば大丈夫そうだ。各地区の代表者たちも今後はヤン子爵を補佐していくと宣言してくれた。あとは聖都の住人に心の支えとなるものを与えることができればセイラは解放されるはず。問題は次代の聖女となるイーシャがまだ聖都の住人たちに認められていないということ。これを何とかしなくては。

俺はあの御方に相談することにして会議を終わらせた。

――＊＊＊――

聖女を交代するための儀式が行われる日の前夜。

「あの……。本当に大神殿で洗礼をしてしまっても良いのですか？」

セイラが不安そうに聞いてくる。俺とセイラ、それから次の聖女となるイーシャの三人は深夜に大神殿まで来ていた。これからこの場でセイラにイーシャを洗礼してもらうんだ。

「聖域って呼んでる場所は、昔の神官たちが勝手に設定した場所なんだって。洗礼自体は聖女が行えば、どこでやっても良いって仰っていたよ」

「仰っていた？」

「それは一体、どなたが？」

おっと、口を滑らせた。あの御方から直接聞いたって説明しても、今はまだ信じてもらえないだろうな。だから誤魔化すことにした。

「間違えた。古い資料にそう書かれてたの」

嘘はついてない。神官が勝手に聖域を設定したという情報はどこにも見つからなかったが、聖女が洗礼するなら場所はどこでも良いという情報が載っている古い本があったことは確かだ。

俺が『そう書いてあった』と言ったのは場所に関してだから、嘘じゃない。創造神様のお膝元である大神殿で聖女様に嘘をつくなんて罰当たりなことできませんよ。ちょっとだけ紛らわしいことは言っちゃった可能性はあるかな。

俺はセイラが無事に聖女を引き継げるよう、大神殿にある本を読破して聖女交代の儀式に関する知識を身につけていた。こういう時、適当に流し読みしても本の内容を完璧に理解できるっていう賢者の特性は非常にありがたい。神官がひとりもいなくなってしまった現在、聖都の歴史やしきたりに一番詳しいのは俺かもしれない。

「ここで洗礼しても良いというのは分かりましたが、洗礼に使う神器はどうしましょう？」

「神器がなくても、聖水さえあれば大丈夫」

聖女が作った聖水を次に聖女となる乙女の頭からかけて身を清める。これが聖女交代の儀式前にやっておかなければいけない洗礼の内容。長い歴史の中でそれっぽくなるように色んな工程が付け加えられたようだけど、本当にやらなきゃいけないのはこれだけなんだ。

「……あの。もしかしてハルト様は、創造神様の神託を受けられたのですか？」

「えっ」

「私もそう感じました。私たち聖女見習いは大神殿にあるすべての本に目を通します。あの分厚い聖典を含め全て読んでいますが、ハルト様はそれ以上のことを理解されているように思えます」

聖典は創造神様のお言葉をそのまま書いたものではなく、僅かな神託から内容を膨らませてそれらしくしていったものだ。だから一冊の中にもいくつか矛盾があり、解釈の仕方次第では意味が正反対になる教義もある。それなのに俺が自信ありげに指示を出していたので、ふたりは俺が創造神様に何か言われたのではないかと考えたようだ。

「神託を受けたわけじゃないんだよなぁ」

アレは神託って言えない気がする。

「とりあえず洗礼してみてよ。できるはずだから」

「ハルト様がそう言われるのであれば」

セイラは俺の言葉を信じてくれた。彼女が洗礼を行うというのでイーシャも従ってくれる。

実際にやってみると、洗礼は難なく成功した。セイラは悪魔に聖女の力をほとんど奪われてしまったが、洗礼する力だけは残されていた。グシオンが娘を洗礼させて聖女に仕立て上げた後、聖結界を解除させて聖都を攻撃しようと計画していたのが幸いした。

ちなみに洗礼が完了したというのはイーシャのステータスボードに『状態：洗礼済み』と表示されたことで確認できた。

「ほら。できたでしょ」

「そ、そうですね」

「ということはもしかして、私たち聖女見習いが長い時間をかけて修得した聖舞って……」

聖女見習いは聖女になるため『聖舞』という踊りを身につけなければならないという。他にも彼女らが洗礼を受けるため時間をかけて修得したことはいくつもある。実はそういった洗礼以外の行為は全て後付けで設定されたもの。昔の神官だったおっさんたちが勝手に作った決まり事なんだ。本来はやる必要がないらしい。

「やらなくてもいいけど、無駄ではないよ。きっと創造神様も喜んでくださるから」

「そうでしょうか？　そうであると良いのですが」

長い間、少女たちに無駄なことをやらせていたのではないかと考えたのだろう。セイラが表情を曇らせていた。でもそこは安心してもらいたい。俺も適当なことを言ってるわけじゃないんだ。信仰心の高い者が何らかの行為や物品を奉納してくれるのは神様としても喜ばしいことだと聞いたことがある。

「今回は悪魔の襲撃があったせいで時間がなくて簡易的な洗礼にしてもらったけど、気になるなら後日ちゃんと手順を踏んでやってみて。それで何かがダメになるってことはない」

「……ハルト様は守護の勇者としてこちらの世界に来られた時、創造神様にお会いしたのですよね？　その時に創造神様とお話されたことを私たちに教えてくださっている。そういうことですよね」

「創造神様と直接お会いになったことがあるのですか!?　す、すごいです!!」

ちょっと違うけど、セイラとイーシャが期待のまなざしで俺を見つめてくるので肯定しておこう。そうしておいたほうが説明は楽そうだ。

「うん。俺は創造神様に会ったことがある。とても優しそうな御方だったよ。だから多少儀式を省略しても、ちゃんと許してくださるから大丈夫」

この言葉でふたりは安心してくれたみたい。心残りをなくして、俺はセイラたちとともに大神殿を後にした。

こうして無事、セイラが聖女を引き継ぐための準備を完了させることに成功した。

翌日、俺たちは大神殿で行われる聖女交代の儀式に参列していた。ちなみに悪魔グシオンを倒してから二日経っている。大神殿にいるのは現役の聖女であるセイラと次期聖女候補のイーシャ、聖騎士団長エルミアと俺たちエルノール家一同。あとついでに俺の義弟となったリューシンもいる。

この儀式中に創造神様から神託が降りればセイラが聖女ではなくなり、新たにイーシャが聖女となる。聖装を纏ったセイラとイーシャが創造神様の像の前に跪いた。少しすると創造神様の像が光りだした。

《セイラよ、今までご苦労だった》

頭の中に声が響く。創造神様の神託だ。セイラは涙を流していた。イーシャは初めて聞く創造神様の声に、感動でその身を震わせていた。ちなみに俺は、この聖女交代がすんなり終わると知っていた。
・・・・・・
創造神様の声が響く。
《聖女の交代を認める。次の聖女はイーシャ、そなただ》
よし、順調だ。
《ただし》

――ん？

《セイラがある男と結ばれることが条件とする》

あ、あれ？　昨日はそんなこと言ってませんでしたよね？

「そ、その男性というのは？」

セイラの表情にも不安の色が滲む。

《その者は、かつて勇者であった》

えっと……。それってまさか。

《その者は英雄を引き連れ、エルフ族と獣人族の姫を娶り、災厄を従え、精霊を勝手に精霊王へと昇華させたうえに、我が眷属である神獣をも従属させてしまった》

もしかして創造神様、少し怒りですか？

お言葉の節々にトゲがある気がした。

《その者は異世界の神の恩恵を受けた少女と竜族の娘を誑《たぶら》かしたかと思えば、竜人族の巫女をも妻に迎えた》

た、誑かしたわけではないです！

《まだあるぞ。そやつは先日、儂が呼んでもおらんのに勝手に神界までやってきよった》

「「えぇっ!?」」

あっ。もしかしてそれ・・・でお怒りなのですか？

――＊＊＊――


俺はセイラが聖女を無事に辞められるよう、また聖都の統治者にならなくてもいいようにするため創造神様と少し相談したいと考えていた。それで悪魔を倒した日の夜、創造神様に会おうとして大神殿に行ったのだけど中に入ることはできなかった。礼拝の時間以外は限られた者以外入ることができないらしい。

悪魔のせいで神官たちがいなくなってしまったこともあり、当面の間は誰も大神殿に入れる状況ではなかった。聖女交代が無事に終わってイーシャが聖女としての仕事に慣れてくれば大神殿に入れるようになるのだが、その時にはセイラが聖都の統治者にさせられている可能性があった。

彼女は他人に頼られればそれに応えたくなる性格をしているので、住人たちから統治者に担ぎあげられれば、その職務を必死に果たそうとするだろう。自分の希望を押し殺して聖女を務めてきた彼女には今後好きに生きてほしいと思う。

大神殿にある創造神様の像に祈れば、また神界に連れていってもらえると思ったのだけど……。大神殿に入れないのでどうしようもなかった。

仕方ないので転移で神界に行くことができないか試すことにした。エルノール家のみんなと一緒に神界へ連れていってもらった時、転移のマーキングはしておいたんだ。しかし俺はそのマーキングした魔法陣の存在を感じることができなかった。

俺の転移魔法は目的の場所に行くために二段階の手順が必要だ。

まず人間界と精霊界の間にある『狭間の空間』に俺自身を召喚する。続いて狭間の空間から転移先の地点や人にマーキングした魔法陣を目印にして再度、自分自身を召喚することで俺は転移ができるんだ。

狭間の空間にはマイとメイの父親である星霊王に連行された時から、なぜか自由に行き来できるようになっていた。わざわざ狭間の空間を経由する理由は、俺の転移魔法は実のところ自分自身を召喚しているだけだから。

転移先の魔法陣の魔力を感じて、そこに俺を召喚する。つまり魔法陣の魔力を感じられなければ転移できない。そして俺の魔力感知範囲は全力でもせいぜい小さな国をカバーできるかどうか程度なので、本来は他国への転移なんてできない。例えばグレンデールにいる時、アルヘイムに設置した魔法陣の魔力は感じられないので直接転移はできないんだ。

そこで俺は狭間の空間を経由することにより距離を無視して転移できる方法を編み出した。

狭間の空間は俺たちが生活している人間界のどこにでも繋がっている。そこに距離という概念はない。狭間の空間に入れば、俺が設置した全ての転移魔法陣の魔力を感じられる。俺はそこで感じた魔法陣の魔力に向かって自分自身を召喚しているんだ。

最近は慣れてきたため、狭間の空間で転移先の魔法陣の魔力を探す工程が高速かつ自動で済むようになっている。行き先を思い浮かべて転移元の魔法陣に入れば、ほとんどタイムラグもなく転移先に出られるようになっていた。おそらく俺と一緒に転移したことある人でも、狭間の空間を経由しているなんてことは分からないだろう。

いつもの方法では神界に転移できなかった。俺は狭間の空間から神界にマーキングした転移魔法陣の魔力を探したが、その魔力を感じられなかったんだ。狭間の空間と神界は繋がっていないということ。神界に転移するのは絶望的だった。

ここでふと、あることを思い出した。創造神様が俺たちを神界に招いてくださった時、創造神様は大神殿のある部屋の扉を神界への入口にしていた。その時、創造神様の手が触れた扉のドアノブに何か文字が浮かび上がっていた。おそらくそれは人間界と神界を繋ぐ門を作るための文字。俺はその文字を覚えていた。

絶対記憶というスキルを持つルナほどではないが、賢者である俺はかなり記憶力が良くなっている。文字の意味は分からないけど、形だけはしっかり覚えていた。とりあえずその文字を魔力で再現してみることに。

文字の再現にはかなりの魔力を消費した。エルフ文字とも古代ルーン文字とも異なるそれは、一文字の形を再現するだけでも十万近い魔力を消費したんだ。それが十二文字もあった。トータル百二十万という魔力を費やし、俺はなんとか自分の右手首の周りに全ての文字を再現した。そして右手でドアノブに手をかける動作を行う。

空間に扉が現れた。

それを開くと、扉の向こうには真っ白な空間が広がっていた。俺はその扉の中へと入った。背後にある扉以外は全てが白い空間にいる。神界だ。神界に転移できてしまった。とはいえ、ここに来るのだけが目的というわけではない。なんとか創造神様にお会いしたい。

「な、なぜハルトがここにおるのだ？」

目の前に白髪白髭のおじいさんが現れた。

「あっ、創造神様！」

驚いた表情の創造神様がいた。

「お主、その手の文字はもしや」

「すみません。創造神様にどうしてもお会いしたくて……。俺たちを神界に連れてきてくださった時の方法を真似してみたら、ここに来ることができちゃいました」

「来ることができちゃいましたって、本気で言っておるのか？　扉をくぐる時、身体はなんともなかったか？」

「扉を？　あぁ、少しだけ痺れたかもしれません」

扉を通る時、ちょっとピリってした気がする。

「神が招いていない者を拒絶するための神性魔法は発動しておるのに、その程度か」

えっと。やはり勝手に来たのはまずかった感じです？

「ステータス固定――やはり、とんでもない呪いだったのだな。この神界に至るほどの魔力と、最上位の神性魔法すら跳ね除けるバケモノを生み出すとは……。あの大馬鹿者め」

大馬鹿者ってのは邪神様のことだと思う。

「勝手に来てしまったのは、やはりまずかったのでしょうか？」

「来てしまったことを咎めることはせん。しかし今後誰かを一緒に連れてこようとするではないぞ。お前以外の者であれば、この世界最高クラスの魔法が一瞬にしてその者の魂まで蒸発させてしまうからな」

な、なるほど。安易に神界に来るのはダメだと分かった。

「気をつけます。では俺ひとりであればここに来てもよいのでしょうか？」

「うむ。特別に許可しよう。できれば来る前に儂に語りかけてくれ。そうすればお主が来るのが分かるのでな」

「分かりました！」

勝手に来てしまったことは怒られないようなので、俺は気を取り直して創造神様にセイラのことを相談した。

「なるほどな。セイラが聖女を辞めても、聖都の統治者として働き続けることになりそうなのが心配だと」

「そうです。もし可能であれば、創造神様が聖女交代をお認めになる時の神託を聖都の住民全員に届けることはできませんか？」

神託というのは普通、限られた者にしか伝わらない。聖女交代の儀式であれば当事者である聖女と次の聖女にしか神託が聞こえないんだ。

それを俺はなんとかして聖都の住人たちにも聞こえるようにしてほしいとお願いするため、ここまでやって来た。聖都の住人全員が神託を聞くような奇跡が起きれば、イーシャが次の聖女として認めてもらえると考えたからだ。

「すまんが、それは無理だ。ひとつの都市に住む住人全員に神託を聞かせるためだけに神性エネルギーを使うことなどできぬ」

創造神様に否定されてしまった。でも実はそれも想定済み。

「神性エネルギーを使わなければ、やっても良いのですか？」

「ん？　やっても良いとは？」

「俺が創造神様の神託を現地で増強して聖都全域にお声が通るようにします。それにはセイラたちだけでなく、俺にも神託を聞かせていただく必要はありますが」

「最大限譲歩して大聖堂の中に集まった少数の者たちに神託を伝えることは可能だ。しかしちょっと待てハルト。お前もしや『念話』ができるのか？」

《できます》

「……まじか」

聖都全域に創造神様の声を伝えるための必須条件は当然クリアしている。神様の神託が念話っていうスキルで伝えられていることは知っていた。俺はそんな特殊スキル持っていなかったが、読心術の応用により魔法で再現することはできた。

「ちなみにシルフの念話を増強して、アルヘイム全域に伝えるという実験は成功しています」

「転生者に厄介な呪いがかけられると、ここまでの存在を生み出すのか」

創造神様は少しの間、どこか遠くを見ていた。

「よかろう。聖都の住人全員に神託を届けることを認めよう」
「あ、ありがとうございます！」
俺は創造神様との交渉を成功させたのだ。

――＊＊＊――

神界に自力で転移するのはダメだとは言われなかったが、創造神様に少し警戒されてしまったみたい。そのせいでセイラが聖女を辞めるのに条件を付けられてしまった。
《神が招いてもおらんのに勝手に神界まで来てしまう。加えて神の言葉を個人の魔力のみで都市全体に広げてしまうようなバケモノを野放しにはできんのだ。セイラよ、儂の頼みを聞いてくれぬか？》
どうやらセイラを俺の監視役にしたいらしい。俺としてはセイラのような美女がうちに来てくれるのなら拒む気はない。問題はセイラがどう思っているかだな。
俺は守護の勇者としてセイラを救ったことがある。その後何度か彼女と会い、世界の状況など情報交換を行った。とりとめのない会話もたくさんした。俺たちといるときのセイラは普通の少女のように笑うこともあり、それが聖女として日々必死に頑張っている彼女の心を癒しているることにも気付いていた。聖都付近で何か用事があれば、直接の用事がなくともできるだけ聖都に立ち寄るようにしていたんだ。俺たちが聖都に滞在している時は、宿に毎日セイラが遊びに来るくらい仲良くなっていた。

俺とティナが魔王討伐のために魔大陸へ移動する時、最期になるかもしれないとセイラのもとを訪ねた。その時、彼女はほんの一瞬だったが、とても悲しそうな表情を見せた。

セイラと仲良くなった遥人は俺だ。転生した今は姿形が変わっているため、あのころと同じようにセイラが俺を良く思ってくれているかは分からない。でもハルトとして二回もセイラの命を救ったし、彼女の頼みを聞いてエルミアを助けたりした。好かれているかは分からないけど、少なくとも嫌われていることはないと思う。

できればうちに来てほしいけど、創造神様の頼みだからっていうのはちょっと違う気がする。聖女を辞めて自由の身になるのだから、これからは彼女の好きなように生きてほしい。

「創造神様がバケモノと呼ばれるお方は、ハルト様ですよね？」

《そのとおりだ》

「……分かりました」

セイラが俺のそばまでやってきた。

「ハルト様が認めてくださるのであれば、私はハルト様のもとに嫁ぎたいです」

俺のほうを真っ直ぐ見ながらセイラがそう言い切った。

「セイラがうちにきてくれるのは嬉しい。けど……。本当に良いの？　二百年も頑張ってきた聖女の職からやっと解放されるんだ。これからは自由に生きてもいいんだよ」

創造神様が見ているのに、そのお言葉に逆らうようなことを言ってしまった。だけどセイラは長い間ひとりで頑張ってきたんだ。それは百年前、彼女の仕事ぶりを見ていたから知っている。

セイラが本当は俺のところになど来たくないと思っているのであれば、創造神様にお願いして彼女以外の監視者や枷《かせ》を俺につけてもらおうと考えていた。

「自由に生きていいのなら、私はずっとハルト様と一緒にいたいです。私は、守護の勇者様をお慕い申しておりました」

「俺は確かに守護の勇者だった。でも今は転生して顔も変わったし」

「姿が変わってもハルト様はハルト様です。それに私は、今のハルトの様の青い瞳も素敵だと思います」

セイラが抱きついてきた。

「先程ハルト様は、私がハルト様のところに来たら嬉しい。そう言ってくださいましたね？ということは私が望めば、エルノール家に入れてくださるということですよね？」

絶世の美女に上目遣いでそんなことを言われたものだから『はい』と即答してしまいそうになる。ぐっと耐えて、とりあえずティナを見る。彼女は笑顔だった。ほかの家族たちも確認すると『はいはい。仕方ないですねー』という感じの笑顔だった。セイラがエルノール家に加わることに問題はなさそうだ。

「うん。セイラ、これからは俺と――」

「ちょっと待て！」

突然エルミアが声を上げた。

「わ、私はセイラの騎士だ！　騎士として、貴様がセイラに相応しいか見定めたい」

そう言いながら彼女は剣を抜いて俺に向けてきた。

「……貴女と戦えってこと？」

「そうだ！」

えっと……。ここ、創造神様の大神殿ですよ？　しかも今、この様子を創造神様が見てる。

これ大丈夫かな？

《儂は構わぬ。面白そうだ。思う存分やりなさい》

創造神様のお許しが出てしまった。やるしかないらしい。

「じゃあ俺が勝ったらセイラと結婚するぞ？」

「あぁ。私に勝てたらな。もし私を倒せたなら、その、なんだ……。わ、私も貴様の嫁になってやる！」

「は？」

なんでそうなるんだ？

「わ、私は不要か？」

反応に困って俺が固まっていたら、なぜかエルミアが泣きそうになった。

「私はセイラみたいに可愛くないし、ティナ様みたいに綺麗でもないし──」

「そ、そんなことない！」

とても魅力的なお身体です！

「でも、年齢だって」

なんかエルミアが自虐モードに入っている。

くそっ、どうすればいいんだ!?

「ハルト様」

セイラが顔を俺の耳に近づけてきた。

「エルミアは私と同じ方を伴侶にしたいのです。ですが彼女は素直じゃないので、そう言えないだけなのです。もしハルト様がよろしければ、エルミアも娶っていただけないでしょうか？」

「えっ」

い、いいんですか？

「エルミアと戦って力を見せつければ彼女も素直になれます。ハルト様なら、彼女を傷つけずに勝てますよね？」

なるほど……。セイラとセットでエルミアとも結婚しろと。わかりました!!

「俺が勝ったらエルミア。貴方にも、うちに来てもらいます」

「はい！」

はいって、お前。勝つ気ないじゃねーか！

まぁいいか。

「準備は良い？」

俺は魔衣を纏い、構えた。

「私はいつでもいいが……。貴様は剣を使わないのか？」

武器を手にしようとしなかった俺を見てエルミアは不思議がっていた。

「これから俺の妻になる女性に武器を向けるわけないでしょ」

「なっ!?　そ、そんな言葉で、私は騙されないぞ!!」

エルミアが顔を真っ赤にしている。彼女が構えた剣の先が分かりやすくブレている。効果は絶大だったようだ。

「それから『貴様』じゃなく──」

全速力でエルミアの前まで移動した。この速度で移動した俺を視認できたのは、ティナとリューシンくらいだろう。エルミアは突然目の前に現れた俺に驚いている。俺は彼女の首に目掛けて手刀を繰り出した。首に当たる寸前で手を止める。勢いでエルミアの髪が数本切れてしまった。

「俺のことは『ハルト』って呼んで」

エルミアが無言でその場にペタンと座り込んだ。驚かせすぎてしまったみたい。

「俺の勝ちってことで良いよな？」

その問いにエルミアは無言で首を何度も縦に振っていた。

「では貴方は今からエルミア＝エルノールだ。よろしくね」

エルミアに手を差し出して立たせてあげる。

「よ、よろしくお願いします」

「うん！」

(しかと見届けた。この世界の創造主である儂がハルトとセイラ、そしてエルミアの婚姻が成立したことを認めよう。三人には儂が祝福を与える)

おぉ！　創造神様が結婚の証人に⁉　しかも祝福までいただけるんですか？　な、なんか凄いことになった。そんなことを思っていると――

「わ、私も創造神様にハルトさんとの結婚を認めていただきたいです！」

ルナが声を上げた。

「ウチもにゃ！」

「私もハルトと結婚するのー」

「「私たちも祝福していただきたいです！」」

「わ、私も」

「リファは既にハルトと結婚式を挙げておるじゃろ。ここは我らが優先じゃ」

「そんなぁ……」

「ヨウコさん。それとこれは話が別です。私だってハルト様との結婚を創造神様に祝福していただきたいです」

ティナもそう思っているみたい。そうだな。俺もそうしてほしい。

ちなみに神様から頂けるのは『加護』と『祝福』がある。加護のほうが凄いんだけど、いただくのにかなりの神性エネルギーを要するため、余程特別なことでもないといただくことはできないらしい。祝福は加護ほどではないが、様々なステータス上の恩恵を受けられる。
ステータスが〘固定〙されている俺には意味ないのだけど、家族が神に祝福されて嬉しくないわけがない。しかも祝福してくださるのがこの世界の最高神なのだから尚更だ。
「創造神様。みんなとの結婚も祝福していただけませんか？」
《よいよい。せっかくだ、全員まとめて祝福してやろう》
「ありがとうございます！」
《少し力を出すからな。部外者にはご退出願おうか》
「えっ!?　ちょ、なんで――」
突然リューシンだけその場から消えた。強制的に転移させられたみたいだ。ちなみにイーシャはその場に残っていた。次の聖女だから彼女はいいのだろうか？　哀れリューシン。
《よし、ではいくぞ。ここにおる者たちの中に、ハルトとの結婚に反対の者はおらぬな？　もしおれば早急にこの場から立ち去りなさい》
みんなの顔を見る。誰もここから出ていこうとはしなかった。
《よさそうじゃな。では――》
俺たちの周りに優しい魔力が漂ってきた。光のオーラが集まり、ひとりの老人の姿となる。
創造神様のお姿だ。ただし創造神様が顕現したのではなく、俺たちを祝福するために力の一部をこの場に送ってくださったみたい。力の一部だけとはいえ、目の前にいるのはこの世界の最高神。とてつもなく強い力を感じる。そんな御方から、俺たちを祝福する言葉を賜った。それに触れると心が浄化されるように感じた。

「世界の創造主が宣言する。本日、ハルト＝エルノールとティナ、リファ、ルナ、ヨウコ、マイ、メイ、メルディ、白亜、リュカ、セイラ、エルミアが契りを結ぶ。その契りは彼らを強固な絆で結びつける。いついかなる時もその絆が他者の手によって汚されることはない。儂がその証人となり、彼らに祝福を与えよう」

創造神様の像が光り出す。大神殿の中が光で満たされていった。

こうして俺はこの世界の最高神に認められ、十一人の美女、美少女たちの夫となった。

《了》

特別収録①　神々の事情

LEVEL 1 NO SAIKYO KENJYA

ハルトたちが創造神に祝福された日、神界にて――


「創造主。少しお話ししたいことが」

黄金に輝く髪の男が創造神に話しかけた。

「儂に何か用か？　空神よ」

筋骨隆々の上半身を曝け出した金髪の男は空神。この世界の空を管理する神だ。

「先ほどこの神界から、かなりの神性エネルギーが消費されました。このことに関して、何かご存じありませんか？」

「あぁ、それか。儂が人族たちに祝福を与えたのだ」

「祝福を？　創造主が直接ですか？　勇者を召喚したわけではありませんよね。勇者であれば与えるのは祝福ではなく、加護でしょうし……」

「勇者ではない。ただ、十人以上に祝福を与えたから、かなりエネルギーを使ってしまった」

「じゅ、十人!?　最高神の祝福を十人以上に!?」

世界を創ったのは創造神だが、その手足となって世界を管理しているのは四大神たち。彼らはヒトの信仰心や感情の起伏から神性エネルギーを得て、世界の管理に利用する。この世界はまだ成長途中であり、神々は世界発展のため神性エネルギーの遣り繰りに苦心していた。

「それは何か重要な理由があってのことなのでしょうな？」

「もちろんそうだ。儂は未来に投資したのだよ」

空神に問い詰められても、創造神は平然と答えた。

「儂が祝福を与えたのはとある人族の一家だ。ちなみに家長は人族だが、その嫁にはエルフや獣人、精霊族など様々な種族が集まっておる。そしてその者たちの多くが単身で魔人を倒せるし、中には悪魔すら容易に屠る者がおるのだ」

「は、はい？」

「信じられんか。まぁ、無理もない。勇者以外で悪魔を倒せるヒトの出現は稀だからな。だがこれは事実なのだ。いずれそやつらがお前の前に現れることもあるやもしれぬ」

ハルトがいきなり神界に現れた際、創造神はかなり驚いていた。それをいつか空神も体験することになるだろうと考えて笑みを浮かべる。

「人族が我の前に……。いや、そんなことはありえない」

「話は変わるが、近頃悪魔や魔人など邪《よこしま》な者どもの活動が少ないとは思わんか？」

「え、えぇ。確かにそうですな。我も少し不思議に思っておりました」

「その原因こそ、儂が祝福した一家だ。彼奴《あやつ》らが数多の魔人や悪魔を倒しておる。勇者でもないのに、勝手に世界の平穏を維持しようとしておるのだ」

悪魔を倒せるヒトは珍しいが、この世界にいることは確かだ。それが数人集まれば大抵のことは成し遂げられることも理解できる。しかし空神は、神である自身の元までヒトがやってくるという創造神の言葉を信じられなかった。

「祝福では多少ステータスが向上する程度だが、寿命は加護を与えた者よりも伸びやすい。悪魔を倒す一家の寿命を延ばせば、それだけ世界の平穏が長く保たれる。神性エネルギーも安定して貯まるだろう。此度儂が投資した分の回収も、さほど時間がかからぬよ」

「まさか創造主。そこまで考えた上で、加護ではなく祝福を？」

「いや。はじめは三人だけ祝福するつもりでいたのだが、その場の流れでなんとなく……。だがその人族たちへの投資は無駄にならん。儂はそう確信しておる」

「この世界の最高神にここまで言わしめるとは。我も少し、その者たちに興味が湧いてきました。いつか目の前に現れる可能性があるとのことですが、いっそのこと我が会いに行っても良いやもしれません」

「顕現はせぬよな？　さすがに空神を顕現させるだけの余裕はないぞ」

「分かっておりますとも。会いに行くとすれば化身を使います」

四大伸や創造神がヒトに認識される形で顕現するには膨大な神性エネルギーが必要となる。最上位の神々は特別な存在であり、この世界に生きるヒトが容易に謁見できないようになっていた。そのためよほどのことが無い限り、四大伸たちがヒトの前に姿を見せることはない。

ちなみに海神だけは常時人間界に顕現している。それが可能なのは、彼の神殿が深海という生身のヒトが立ち寄れぬ場所にあるからだ。創造神と空神、地神は神界と人間界にそれぞれひとつずつ神殿がある。人間界にある方の神殿は人々が神に祈りを捧げる場所であり、それぞれの神が信仰心を集めやすいように創った。

対して邪神の神殿は神界にひとつ、海神の神殿は人間界の深海にあるひとつのみ。この二柱の神には、人々が祈りを捧げるための分かりやすい対象はない。しかし邪神は世界中から恐怖や絶望などといった負の感情を集めて自らの糧とすることが可能だ。また海神は人間界に顕現している状態のため、ヒトが航海の無事を海に祈る際などの信仰心を神性エネルギーとして効率よく回収することができる。

ヒトの前に現れるのに神性エネルギーが必要となるのだ。深海に居を制限することで、海神は人間界に顕現し続けることを可能としていた。

「さて。我が化身で会いに行くとして、その一家に何か目印のようなものはありますか？」

「聖女は分かるな。代替わりしたが、前任者も聖女としての力を維持しておいた」

「聖女、ですか」

空神が人間界に意識を向ける。

「……ふむ。確かに創造主の強力な加護を受けた存在が聖都にふたりおりますな」

「力がより洗練されておる方が前の聖女で、儂が祝福を与えた人族の新たな嫁のひとりだ」

「なるほど。それを目印にせよと――ん？　んんん!?　な、なんなのですか、こ奴らは!?」

ティナやヨウコたちの存在に気付いた空神が顔色を変えた。

「と、とんでもない力の持ち主が何人も集まっている」

「な？　少しヤバそうだろう？」

慌てる空神を見ながら創造神は笑っていた。

「ちなみにそのヤバそうな奴らの中に、周りの者とは不釣り合いなほど存在感の小さな者がおるのは分かるか？　戦闘職のレベルは1だ。かなり意識せねば千里眼でも見ることができぬ」

「んー。おぉ、これですか。確かに存在感が薄い。こやつは、他の者たちの従者とか？」

「彼がその周りの者たちを率いる家長だ。そして一家の中で最もヤバい存在だな」

「……は？」

「意味が分からぬだろう？」

「ま、まさか我ら神の千里眼をも欺く能力を持っているとか？　仮にそうだとしたら、そのような不穏分子は世界の管理を任された神として看過できませぬぞ」

「安心せよ。彼が神にも届きうる異常な力を持っているのは確かだが、暴走するような人物ではない。それは儂が保証しよう」

守護の勇者として世界を救ったハルトならば、力に溺れてこの世界に破滅をもたらすことはないだろう。創造神はそう考えていた。

ハルトを監視させるという体でセイラを嫁にするよう持ち掛けたが、それは彼女がそうなることを望んでいたからだ。百年前からセイラが遥人と共に生きたいと願っていたのを創造神は気づいていた。創造神は二百年も聖女として頑張ってくれた彼女へのご褒美として神性エネルギーを奮発したのだ。

セイラとハルトが結ばれたことを祝福しようとしていたのだが、思いがけず十人以上を祝福することになってしまった。だが今はそれで良かったと考えている。未来への投資だと空神に説明したのも創造神の本心だ。

聖都サンクタムの宿屋でハルトたちエルノール家の面々が和やかに談笑していた。その様子を神界から眺めながら創造神が呟く。

「儂の世界を頼んだぞ。ハルト」

邪神の呪いを受けた賢者は、最高神の期待を一身に背負う存在になっていた。

《特別収録①　神々の事情／了》

特別収録②　竜娘の鱗

LEVEL 1 NO SAIKYO KENJYA

「それじゃリュカは、この部屋を使って。荷物とかは後で俺が運ぶから」

「わかりました。ハルトさん、ありがとうございます」

聖都サンクタムからイフルス魔法学園に帰ってきたハルトたち。今は新たな家族となったリュカとセイラ、エルミアをハルトがそれぞれの部屋に案内していた。セイラとエルミアは部外者だが、ハルトの嫁であることをルアーノ学園長に説明して学内の彼の屋敷で生活する許可をもらうことができた。

「かなり遅くなっちゃってゴメンね」

「いえ、気にしていませんよ。ハルトさんにお屋敷を案内していただけて良かったです」

屋敷に帰ってきて半日ほど経っていた。最初に部屋を案内しようとしたエルミアが『セイラと一緒の部屋がいい！』と言い張ったため、彼女らの部屋を用意するためにハルトが色々と動いていたからだ。セイラとエルミアは横並びの三部屋を使うことになった。真ん中はエルミアの要望を叶えるためのふたりの共有部屋。その右隣がセイラの私室で、左隣がエルミアの私室となる。セイラもエルミアと同じ部屋で良いと遠慮したが、たまにはひとりになりたい時もあるだろうと考えたハルトが三部屋用意することにしたのだ。

ただしひとつの部屋が物置になっており、その片づけなどを行っていたため、リュカを部屋に案内するまでに時間が経ってしまった。夕刻になってようやく彼女の部屋の前まで来た。

「この部屋の掃除とかは基本的に自分でやってね。家具は必要なものがあれば相談して」

「はーい。共有部のお掃除とか料理とか、家事の分担もありますよね？」

「うん。その辺はティナが教えてくれると思う」

「わかりました」

「もし苦手な家事とかがあれば俺に言ってね。なんとかするから」

エルノール家ではハルトの嫁たちが日替わりで決められた家事を行っている。ただしメルディは衣服のアイロンがけが苦手で、その他の家事を少し多くやる代わりにアイロンがけの分担を免除されている。精霊族であるイとメイは本来、何かを購入する必要が無いためヒトの金銭感覚に慣れておらず買い物が下手だ。だから彼女らは生活必需品や食料の買い出しを免除されている。ふたりには毎日エルノール家の大浴槽にお湯を張るという大役があるので、買い出しに行かないことくらいで文句を言う者はいない。

新たに加わったセイラたちを含めるとエルノール家は十二人と一匹の大家族。それに加えて完璧メイドのティナがいる。何人か免除される家事があったとしても問題ないのだ。

「ふふふ。ハルトさんは優しいですね」

みんなが家事を分担しているのだから、苦手があっても言い出しにくいのではないかとハルトが配慮してくれていると感じてリュカは嬉しくなった。

「今までは学生寮でひとり暮らししていたのですから、家事全般は問題ないと思います。私の作る食事が皆さんの口に合うかどうかは心配ですが……」

「料理はティナに教えてもらうのが一番かな。あのヨウコも最近は料理が上手になってる」

「そうなんですね」

「うん。それからリュカの手料理も楽しみにしてるよ」

「ま、まずは皆さんにお出しする前に、ハルトさんに味見していただいても？」

「もちろん！　あ、そろそろ夕食の時間だから、部屋とかの説明を続けて良いかな」

「ええ。お願いします」

「はい。ここがリュカのお部屋でーす。さぁ、中に入って」

ハルトに促されたリュカが部屋に入り、中を見渡す。

「結構広いですね。手洗い場にトイレまで付いている」

「お風呂は共有の大浴場がひとつと、ひとりで入るサイズが二か所にある。場所はさっき案内したよね。キッチンと食堂はひとつしかないけど、調理台はいくつかあるから誰かが料理当番してる時でも邪魔にならなければ好きに使える」

「あ、あの……。お風呂は皆さん一緒だと聞いたのですが」

耳を赤く染めながらリュカが尋ねた。

「その時間に担当の家事が無い人はほとんど一緒に入っちゃうかな。希望があれば時間をずらしたりもする。リュカはまだ恥ずかしいよね？　慣れるまではひとり用のお風呂を使っても」

「いえ。私もハルトさんの妻なのですから、ご一緒させていただきます」

きっぱりと言い放ったリュカ。彼女は竜の巫女として、ハルトとの子がほしかった。まだ子づくりに励むのは早い気がするが、そういった夜の行為に慣れるためにも入浴くらいは一緒にすべきだと考えていたようだ。そもそもリュカはもう、ハルトに全裸を見られている。

一方でハルトはティナたちと入浴することが普通になってきていた。たまに誰も入りに来てくれない時などは、若干の寂しさを感じるようにもなっている。美女がひとり追加されて喜ぶことはあれ、彼がそれを拒むことはない。

「じゃあ夕食を食べた後、みんなで入る時間になったらリュカにも声をかけるね」

「は、はい！」

「んと、あとは――」

お風呂の話しをしたハルトがとあることに気付いた。右手を伸ばして、リュカの頬にある竜の鱗に触れる。その鱗はザラザラした質感だった。

「もしかしてリュカの鱗って、消したりできる？」

ハルトは聖結界を発生させるクリスタルの修復を依頼するため、リュカの元へと転移した。その時、入浴中だった彼女の全裸を見てしまった。

「俺が見た時はなんかこう、痣《あざ》みたいになっていたような気が」

「私たち竜人《ドラゴノイド》って、鱗を消せるんです」

リュカの頬に浮き出ていた鱗が消える。そこにはうっすらと痣が残るだけとなった。

「おぉ。すべすべだ」

肌触りの良いリュカの頬にハルトが思わず声を上げる。

「あ、ありがとうございます。お気に召していただけたようで良かった」

夫に褒められて満更でもない様子のリュカ。だが弟以外の異性に触れられる経験などほとんどなく、恥ずかしさが込み上げてきた彼女はそれを誤魔化すために会話を続けた。

「ちなみに痣は身体のどこか別の場所に移動させることはできますが、完全には消えません。ハルトさんは、その……。こういうのを、気になさいますか？」

「全然気にしないよ。リュカの裸を見ちゃったときから、竜娘って最高だなって思ってる」

妻となったリュカが不安そうにしていたので、それを打ち消そうとハルトが彼女を優しく抱きしめる。彼の腕の中でリュカは小さく『ありがとう』と呟いた。


少ししてハルトがリュカから離れた。

リュカは魔法学園入学当初からハルトを狙っていた。いきなり裸を見られるというハプニングが起きたものの、無事にハルトと結ばれることができた。つい先日までただのクラスメイトだった彼に抱きしめてもらい、嫁になったことを実感する。リュカは気分が高揚していた。だからつい、普段物静かな彼女が言わないようなことを口走ってしまう。

「竜娘がお好きなのですね！　い、今の私は竜人形態です。ハルトさんがお望みであれば、半竜化して床を共にすることも可能です!!　何なら、今からでも」

さすがのハルトも彼女の勢いに若干引いていた。

「えと……。本当に申し訳ないけど、今の俺にはレベルが高すぎます」

「――はっ！　ご、ごめんなさい。私、舞い上がってしまって」

「うん、大丈夫。俺もなるべく早く慣れるね。頑張るから、ちょっと時間をください」

「ハルトさん？　何をおっしゃっているのですか？」

いつか竜化したリュカに性的に襲われることがあるかもしれない。そんな時に彼女を拒んでリュカを傷つけてしまわないよう、ハルトは新たな性癖の扉を開ける必要を感じていた。

《特別収録②　竜娘の鱗／了》

あとがき

『レベル1の最強賢者』六巻を手に取っていただき、誠にありがとうございます。

なんやかんやで六巻です。ラノベ作家としてデビューした当初の目標は三巻以上続刊することでした。ラノベ作家さんの間では『三巻の壁』って言われているみたいです。読者の皆様のおかげで三巻の壁もぶち破り、年に二冊という割と順調なペースで四巻まで出すことができました。そして五巻は全編書き下ろしで作成しないかと編集さんから打診を頂き、歓喜のあまり床をゴロゴロ転がりました。ただ、ちゃんと売れるのかと不安もありました。

こうして無事に六巻を出せたということは、ゼロから書いた五巻も読者の皆様に受け入れていただけたということだと思います。ちょっと安心しました。あと四冊で二桁巻ですね。ここまで来たら二桁巻目指したいと思います。二桁巻続くシリーズを持つのって、ラノベ作家として憧れなのです。

ここで少し問題なのは、小説家になろうの方は本編がもう完結していることですね。現在はアフターストーリーを投稿していて総文字数は百万を超えましたが、本編は八十万文字くらいで終わっています。書き下ろしストーリーの追加などもしますが、一巻あたり十万文字くらい消費します。五巻を書き下ろしにした分を考慮しても、このままいけば九巻で完結してしまうんですよね。できれば本編の内容で二桁巻超えたいのです。

ということで、もし七巻を出せたらまた全編書き下ろしにしまーす！（勝手に宣言）

七巻の内容はハルトが嫁たちとデートしたり、日常の中でイチャイチャするのとかどうでしょうか。なんせ十一人も嫁がいるので、ひとり当たり一万文字くらい物語を書けば一冊になりますね。うん、良いと思います。それで行きましょう。書いていて楽しそうです。

話は変わりますが、今回のカラー口絵ってかなりヤバくないですか？　ヨウコがスゴイことになっちゃってます。白亜の角が良い仕事しましたね。彼女がいなければ危なかった……。読者サービスって口実で入浴シーンを挿絵にしてほしいと希望を出していましたが、まさかこのシーンが選ばれるとは。更にモノクロ挿絵じゃなく、カラー口絵にしていただけて私としては大満足です。水季先生、最高です。

本シリーズではお風呂シーンを書けば、高確率でヒロインたちの色っぽいイラスト描いていただけるんです。一巻ではお風呂シーンが二回もありました。読者サービスです!!　って言えば際どいイラストでも描いて頂けると味を占めたのはこの時からです。七巻を出せることになったたら、そーゆー感じのを色々とご期待ください！

最後になりますが、このシリーズは累計発行部数が二十万部を突破しました。読者の皆様、イラスト担当の水季先生、担当編集さん、その他出版に携わってくださった皆様のおかげです。本当にありがとうございました。引き続き、よろしくお願いいたします。

『呪！　書籍六巻発売&シリーズ累計二十万部突破!!』

木塚麻弥

コミックポルカ
COMICPOLCA
原作・木塚麻弥　漫画・かん奈
キャラクター原案　水季
レベル1の最強賢者
~呪いで最下級魔法しか使えないけど、神の勘違いで無限の魔力を手に入れ最強に~
LEVEL 1 NO SAIKYO KENJYA
魔力∞のチート賢者、漫画でも爆誕!!!
コミック版単行本1~3巻
好評発売中!!
©Kizuka Maya ©KANNA

自重、遠慮、一切なし！
この新入生、最強！
最強の雷魔術で無双する学園ファンタジー

BRAVENOVEL
ブレイブ文庫

レベル1の最強賢者 6
～呪いで最下級魔法しか使えないけど、神の勘違いで無限の魔力を手に入れ最強に～

2021年11月30日　初版第一刷発行

著　者　　木塚麻弥

発行人　　長谷川　洋

発行・発売　株式会社一二三書房
〒101-0003 東京都千代田区一ツ橋2-4-3
光文恒産ビル
03-3265-1881

印刷所　　中央精版印刷株式会社

■本書は小説投稿サイト「小説家になろう」（http：//syosetu.com/）に掲載された作品を加筆修正し書籍化したものです。

ISBN 978-4-89199-767-0